피넛 버터와
오후의 코끼리

이용준 소설집 2

피넛 버터와
오후의 코끼리

이용준 소설집 2

ⓟ 프로방스

최근 안소니 밍겔라 감독의 영화 '리플리'를 봤다. 개봉한 지 20년이 넘은 영화지만 최근 퍼트리샤 하이스미스의 원작소설을 재미있게 읽은 까닭이다. 이전에 같은 소설을 원작으로 영화화 한 르네 클레망 감독의 '태양은 가득히'는 제법 각색이 들어가 있었지만, 이 작품은 원작을 더욱 충실히 재현했다는 느낌을 받는다. 소설을 영화로 접할 때는 분명 영화의 시각적인 효과가 더해져 감정이입과 공감이 쉬워진다는 장점이 있다. 하지만, 아무리 잘 만든 영화라 할지라도 소설이 주는 감동을 따라잡기는 쉽지 않다. 감독의 성향에 따라 상황이 재해석되기도 하고, 작품의 주제나 형성되는 분위기가 의도치 않게 굴절되는 경우가 많기 때문이다. 예를 들면 영화 '리플리'에서는 원작에서 거의 존재감이 없는 주변적 인물 피터 스미스 킹슬리가 재창조되어 극의 흐름에 영향을 주거나, 플롯 면에서도 주인공 톰의 첫 번째 살인이 의도적인 살인에서 우발적인 범행으로 바뀌는 등 감독의 입맛에 맞게 변경되는 경우가 있다.

단편 소설집 '피넛 버터와 오후의 코끼리'는 처음부터 영화화를 목적으로 기획되었다라는 말은 거짓말이지만, 영화화된다면 어떨까 하는 생각을 했다. 장편소설을 영화로 옮긴다면 장면의 생략, 삭제, 압축의 공정은 필수적이고, 2시간이라는 시간의 제약 속에 모든 요소를 적절히 녹여내야 하기에 마치 중요한 시험을 앞둔 수험생처럼 자율성과 여유가 없어 스토리가 각박하게 흘러가기 마련이다. 관객에게는 순간의 느낌을 음미하거나 검토할 시간적 여유를 주어지지 않고, 얻어지는 감동의 조절까지를 연출자의 의도 속에서 흘러가게 되는 것이다.

하지만, '피넛 버터와 오후의 코끼리'와 같은 초단편 소설을 영화화한다면 위의 상황과는 전혀 다른 방향으로 흘러

갈 가능성이 크다. 원작에 살을 붙이고, 문장 사이에 입김을 불어 넣어 공간을 만드는 각색이 필요할 것이며, 결론을 내리기 위해 추가적인 시나리오 작업이 필요할 수도 있을 것이다. 분량에 있어 여유가 있기 때문에 원작에 대한 감독의 해석과 의도가 영화의 핵심이 될 수도 있을 것이다. 이제까지 문학작품을 각색한 시나리오들은 "얼마나 원작에 충실했는가?"라는 질문을 피할 수 없었지만, 이와 같은 단편들은 얼마나 창조적으로 원작을 재해석했는가? 가 중요한 화두가 될 것이다.

짧은 호흡으로 흘러가는 이 소설집의 이야기들을 보면 이 책의 독자들은 '음, 그래서 이다음은 어떻게 된 거지?' 또는 '이야기의 결말이 어떻게 되는 거야'라는 생각이 들 수도 있다. 하지만, 독자들이 영화감독이 되어 나름의 각색을 해보고, 새로운 해석을 더 해 색다른 결말을 만들어 본다면 더욱 흥미롭게 소설을 접할 수 있지 않을까 하는 생각을 해본다. 훗날 '피넛 버터와 오후의 코끼리'가 맨부커 인터내셔널 상을 수상하고 세계적인 명성을 얻는 작품이 되어서 CNN 문화부에서 특집 방송으로 저자와의 인터뷰를 기획하여 워싱턴 스튜디오에서 '그래서 이 소설의 결론은 무엇이죠?'라는 질문을 받는다면 나는 이렇게 대답할 것이다. '독자들의 해석에 맡기려고 합니다.'

아무쪼록 이 단편집이 독자들에게 흥미로운 이야기로 남길 바라는 마음이다.

P.S 이 소설을 읽고 감동이 있어 영화화하고 싶은 영화 관계자들께서는 언제든지 연락 바랍니다.

차례

정육점을 털다

우리가 1주일간 입에 댄 음식이라곤 500㎖짜리 우유 한 팩과 호밀 바게트 한 덩이, 그리고 하드롤 2개가 전부였다. 바람 한 점 없는 서부의 건조한 날씨는 우리의 이성적 사고를 소멸 직전까지 몰고 갔다. 데카르트가 자연의 빛이라고 불렀던 이성의 존재는 이미 어둠에 갇혔고, 우리의 존재도 마찬가지였다.

"이제 우리는 죽은 목숨이야. 무슨 수를 쓰지 않으면 우리는 끝장이라고."

제프가 말했다.

"은행을 털자. 은행을 털어 그 돈으로 뭐든 사 먹으면 되잖아. 곧 경찰에 체포되겠지만 그래도 죽음은 면하겠지."

내가 말했다.

"돈 따위는 아무래도 좋아. 어차피 강도질할 거면 정육점을 털겠어. 고기라도 실컷 먹고 싶다고. 게다나 나는 경찰에 쏜 총에 맞아 죽고 싶진 않아. 배도 고픈데 총까지 맞다니 정말 생각만 해도 최악이야."

제프가 말했다.

우리는 결단을 해야 했다. 1969년형 폰티악 GTO에는 아직 약 20리터가량의 휘발유가 남아 있었다. 국경까지는 불과 15㎞에 불과하다. 차 트렁크에는 멍키스패너와 래칫 핸들, 스패어 타이어, 드라이버 세트, 그리고 찢어진 담요가 들어 있었다.

우리는 정육점을 털기로 했다. 트렁크에서 담요를 꺼내 반으로 잘라 서로의 머리에 둘러 감았다. 제프는 멍키스패너를 들었고, 나는 십자드라이버를 들었다. 창문 너머로 거대한 소를 매달고 해체하는 정육점 주인이 보였다. 그의 손에는 30㎝가량으로 보이는 날카로운 칼이 들려 있었다. 그가 성나 보이는 우람한 팔뚝으로 칼을 내리치자 갈비뼈에 달라붙은 살덩이는 '쩍' 소리를 내며 반으로 갈라졌다. 그는 거대한 고깃덩어리를 마치 따스한 나이프로 버터를 가르듯 부드럽게 썰어 냈다. 그는 전기톱으로 뼈를 자르고 칼로 능숙하게 살점을 발라내 용기에 담았다. 그의 온몸에 덮여있던 소의 혈흔이 검붉은 조명 사이로 선명히 비쳤다. 마치 B급 스릴러 영화에나 어울릴 법한 분위기가 정육점에서 연출되고 있었다.

"젠장, 지금 들어갔다가는 저 터프한 주인장한테 걸려 고깃덩어리가 되어 버릴 거야. 우리를 토막 내고 다진 고기로 만들어 버리겠지."

제프가 말했다.

"하지만 더 물러설 수 없어. 이곳에 온 순간 우린 이미 강을 건넌 거라고. 정신 똑바로 차려. 고기를 들고 문밖을 나오는 거야. 그리고 그걸 차에 싣고 국경을 넘으면 돼. 그게 다야. 핫도그를 조립하는 것만큼 간단한 거라고."

내가 말했다.

"젠장, 모르겠다. 하나, 둘, 셋 하면 들어간다."

그가 말했다.

"하나, 둘…."

그가 먼저 가게로 뛰어 들어갔다. 나는 바로 그의 뒤를 쫓아갔다.

"뭐요? 고기 사시게?"

문소리를 들은 주인장은 작업하던 칼을 내려놓고 우리를 바라보며 말했다. 주인장은 거대했다. 창밖에서 본모습보다 더욱 거대했다. 그리스 로마 신화에 나오는 티탄이 존재한다면 이런 느낌이 아닐까 생각이 들 정도였다.

그는 물끄러미 위아래로 쳐다봤다. 우리는 2m가 훌쩍 넘어 보이는 주인장의 거대한 키에 순간 기선을 제압당하고 말았다. 나는 순간 드라이버를 뒷주머니에 넣고 이렇게 말하고 말았다.

"아, 저, 가장 싼 부위로 조금만 주세요."

뜻밖에 나온 이 말이 내가 그를 바라보며 꺼낼 수 있는 최선의 용기였다.

"음, 그럼 우둔살로 가져가쇼. 잠시만 기다리시오."

주인장이 말했다.

주인장이 뒤를 도는 순간 제프는 순식간에 정육점에 걸려있던 고기 한 덩이를 빼냈다. 그리고 나에게 윙크를 하며 재빨리 폰티악으로 달려가 시동을 걸었다. 나도 제프를 뒤따라 빠르게 뛰었다. 우리는 폰티악에 안착했고, 제프는 액셀러레이터를 힘껏 밟았다. 폰티악은 우렁찬 엔진 소리와 함께 검은 매연을 내뿜으며 앞으로 돌진했다. 나는 뒤를 돌아 정육점을 보았다.

주인장은 뒤에서 총구를 겨누고 있었다.

"젠장! 무슨 정육점 주인이 45 구경 리볼버를 가지고 있어? 빨리 밟아!"

내가 다급하게 외쳤다.

뒤에서 여러 발의 총성이 들렸다. 총탄은 우리를 비켜나갔고, 우리는 고속도로 진입에 성공했다. 우리는 국경까지 연결되는 해안도로를 달렸다. 야자수가 아름답게 펼쳐진 도로였고, 짙푸른 바다가 한눈에 들어왔다.

"젠장, 우리가 해냈다. 해냈다고! 이제 느긋하게 고기나 뜯는 거야!"

제프가 말했다.

나는 라디오를 켰다. 라디오에서는 레드 제플린의 'Going to California'가 흘러나왔다. 우리는 어떻게 고기를 요리할까 떠들어 대고 있었다. 그때였다.

윙-윙-

뒤돌아보니 경찰차 2대가 따라붙었다.

"이런! 경찰이 붙었다. 달려!"

내가 소리쳤다.

하늘은 푸르렀고, 햇살은 눈부시게 아름다웠으며 살며시 불어오는 해안의 바람은 선선했다.

국경까지 3㎞라는 표지판이 스쳐 지나갔다. 뒷좌석에는 고기 한 덩이가 놓여있고, 우리는 지금 경찰의 추격을 받고 있다.

미드나잇 블루스

머리가 복잡하거나 신경 쓰일 일이 생기면, 나는 항상 햄버거를 만든다. 햄버거를 만들 때는 음악이나 TV를 켜지 않고, 온전히 햄버거를 만드는 데만 집중한다. 쇠고기를 갈아 소금과 후추로 간을 하고 중간 불로 노릇하게 굽는다. 버터에 살짝 구운 햄버거 번 위에 패티를 올려 브라운소스를 뿌리고, 슬라이스 된 체더치즈, 토마토와 볶은 양파, 양상추를 순서대로 올린다. 모양을 잘 갖춰 잡아 접시 위에 올린 뒤 차가운 우유와 함께 먹는다.

햄버거를 만드는 행위 자체는 가볍지도, 무겁지도 않은 적당한 몰입감을 준다. 따라서 종종 정육점에서 신선한 고기를 사다 햄버거를 만들어 먹는 것이다. 손이 많이 가는 콩나물 불고기나 갈비찜은 주의를 분산시키기 때문에 기분 전환을 하기 위한 요리로는 부적합하다. 오믈렛이나 팬케이크처럼 너무 손쉽게 요리가 끝나 버려도 곤란하다. 이런저런 음식을 해보다가 결국 햄버거가 가장 적당하다는 결론에 다다랐다.

어느 화창한 금요일 오후, 한가롭게 소파에 누워 오스카 와일드의 소설을 읽고 있는데 집 문 벨 소리가 들렸다. 현관의 외시경에는 아무도 비치지 않았다. 현관문을 살며시 열었더니 길쭉하고 익숙한 회색 발이 현관문 틈 사이로 불쑥 들어왔다. 캥거루였다. 한동안 보이지 않다가 불쑥 찾아온 것이다. 그가 말했다.

"미안하군. 갑자기 찾아와서. 근처에 일이 있어서 잠깐 들렀네."

"아니, 뭐 괜찮아. 마침 혼자 심심하던 참이었는데. 햄버거라도 먹고 가게."

내가 말했다.

'평온한 금요일 오후는 다 지나갔군.' 나는 속으로 생각하며 햄버거를 만들기 위해 재료를 준비했다. 캥거루는 내가 햄버거를 만드는 동안 쉬지 않고 무언가를 말했다. 그는 잠시의 침묵을 두려워하기라도 하듯 말하기를 멈추지 않았다. 1970년 이후 야생 생태계가 파괴되어 많은 동물이 서식지를 잃었다는 이야기로 시작해 노인 복지와 공정무역, 그리고 환율 상승과 올리버 스톤의 영화에 관해 이야기했다. 그는 내가 만든 햄버거를 먹으며 저녁노을로 하늘이 붉게 물들 때까지 쉴 새 없이 뭔가를 떠들어 댔다. 그리고 완전히 해가 떨어져 거리의 가로등에 불이 들어오자 그는 이렇게 말했다.

"거, 매번 미안하네, 어두워졌으니 잠깐 미드나잇 블루스를 춰도 될까? 요즘 도통 못 춰서 말이야. 늘 듣던 곡으로 부탁하네."

나는 B.B.킹의 CD를 찾아 'Every Day I Have the Blues'를 틀었다. 그는 잠시 눈을 감더니 이내 리듬에 맞춰 몸을 흔들고 익숙하게 블루스 스텝을 밟기 시작했다. 그는 B. B.킹의 앨범이 모두 끝날 때까지 혼자 춤을 췄다.

캥거루가 말했다.

"오늘도 잘 먹고 돌아가네."

그는 항상 이런 식이었다. 나는 캥거루가 돌아간 자리를 치우고, 냉장고에서 다시 햄버거 재료를 꺼냈다.

- -

통조림

- -

나는 그녀와 함께했던 추억을 영구히 보존하고 싶었다. 사랑은 시간을 잊게 했지만, 이제 시간이 그녀를 잊게 하려 했다. 추억 속에 영원히 그녀를 박제하기란 불가능했다. 마치 폭포수가 불가항력적으로 흘러내리는 것처럼, 그녀가 기억에서 사라지는 것을 막는 방도는 없었다. 그저 시간이라는 조류에 쓸려 그녀가 사라지는 것을 바라볼 수밖에 없는 것이다.

이때부터였다. 내가 통조림을 먹기 시작한 것이. 통조림을 먹으면 통조림의 방부제가 그녀에 대한 기억을 보존해 주리라 생각했다. 나는 하루도 빠짐없이 통조림을 먹었다. 모든 음식을 통조림으로 대체했다. 아침에는 갈치 통조림과 스위트콘을 먹었다. 점심에는 앤초비 통조림과 함께 복숭아 통조림을, 저녁으로는 스팸과 콘비프, 그리고 무가 첨가된 고등어 양념 통조림을 먹었다. 캔 커피를 마셨고 망고 퓌레를 먹었다.

내 삶은 마치 스탬프를 찍어대듯 정확하고 규칙적이며 반복적으로 흘러갔다. 매일 3,000자 분량의 원고를 번역했고, 영화 두 편을 봤고, 같은 공간에서 같은 메뉴로 식사했다. 하지만 시간이란 존재는 스탬프의 잉크마저 희미하게 만들었고, 동시에 그녀에 관한 추억도, 기억도 희미하게 만들어 버렸다. 이제는 아침에 일어나 통조림 뚜껑을 따는 습관만이 그녀가 존재했다는 것을 입증하고 있었다. 나의 시간은 이렇게 흘러갔고, 그녀는 다른 시간대에 존재했다.

5월 햇살이 쏟아지는 화창한 오후, 나는 환기를 위해 창을 활짝 열고 커피 캔을 마시며 거리 밖을 살폈다. 그리고 이내 점심으로 먹을 앤초비 통조림을 꺼냈다. 나는 통조림을 따다가 뚜껑의 날에 손을 베었다. 집게손가락에서 붉은 피가 슬며시 흘러 땅에 떨어졌다. 나는 휴지로 피를 닦고 파인애플 통조림과 스파게티 통조림을 먹었다. 척 베리와 글렌 캠벨의 음악을 들으며 알베르 카뮈나 버지니아 울프의 소설을 읽었다. 나는 식사를 하며 더 이상 그녀를 떠올리지 않았다. 식사를 마치고 캔 커피를 따뜻하게 데우고 있을 때 전화벨이 울렸다. 오랫동안 알고 지낸 후배였다.

"선배, 아직도 통조림만 먹어요? 인제 그만 드실 때도 됐잖아요. 아! 통조림에는 방부제 안들어 있었데요. 그냥 살균하고 밀봉해서 오래 먹는 거라네요. 방부제 때문에 그런 거라면 차라리 냉동식품을 드세요. 오늘 저녁에 한번 봐요. 클림베리 수제 버거집 알죠? 거기서 맥주나 한잔해요."

그렇다. 문제는 통조림이었다. 이 모든 것이 통조림 때문이었다. 통조림으로 인해 그녀를 잃었다. 나는 천장까지 쌓여있는 통조림들을 하염없이 바라봤다. 집안에는 칼 퍼킨스의 'All I really want to do'가 흘러나오고 있었다. 나는 문득 정신이 들었고, 상처 난 손가락에 연고를 바르고 밴드 에이드를 붙였다.

핫도그

그러니까 제가 스무 살 때였어요. 막대기에 꽂고 튀겨낸 한국식 핫도그가 아니라, 푹신한 번에 소시지를 넣고 머스 터드 소스를 바른 전통 아메리칸 핫도그를 먹게 된 것이.

비바람이 거칠게 몰아치는 어느 목요일 저녁이었죠. 3년 간 만나던 남자 친구하고 헤어지고 오는 길이었어요. 우산 은 고장 났고, 제가 입고 있던 베이지 면바지와 흰색 셔츠 는 빗물에 흠뻑 젖어 버렸어요. 학교 프로젝트는 엉망으로 치닫고 있었고, 10년간 알고 지낸 친구와의 관계마저 틀어 져 버렸죠. 삶에 중요한 나사 같은 것이 빠진 혼란한 상태였 어요. 그때 저는 학교 옆 골목에서 우연히 이 핫도그 노점을 보게 된 거예요.

핫도그 노점의 주인은 얼핏 봐도 나이가 들어 보이는 흑 인이었어요. 그는 이제 막 삶아내 김이 모락모락 나는 소시 지를 핫도그 번에 끼워 넣고 있었어요. 전 노점에서 흘러나 오는 존 레넌의 노래에 이끌려 무의식적으로 그에게 다가 갔고, 핫도그 한 개를 달라고 했죠. 아니, 저는 흑인 주인과 마주친 그 순간 핫도그를 먹어야겠다고 작정했는지도 몰라 요. 노점 주인은 저를 바라보더니 조용히 이렇게 말했어요.

"핫도그 한 개 이천 원, 두 개 삼천 원."

저는 처음에 이 말을 알아듣지 못했어요. 강세의 다름이라던가 어색한 발음 같은 것들이 문장의 본질을 가려버렸죠. 제가 멀뚱멀뚱하니 그를 쳐다보고 있으니 그는 조금 큰 소리로 천천히 다시 말했죠.

"핫도그 한 개 이천 원, 두 개 삼천 원. 오케이?"

저는 집게손가락을 그에게 내보이며 한 개를 달라고 했죠. 그는 그 자리에서 핫도그를 만들어 제게 건넸어요. 저는 무엇에 홀린 듯 그 자리에서 핫도그를 한입 크게 베어 먹었어요. 입안에서 두툼한 소시지가 머금고 있던 육즙이 터지고 시큼한 머스터드 소스와 어우러지면서 청량하면서도 고소한 맛이 났어요. 대단한 재료가 들어간 것도 아니고, 대단한 조리법이 있는 것도 아닌 그저 평범한 길거리 핫도그에서 뭔가 특별함을 느꼈어요.

저는 눈을 감고 천천히 핫도그를 음미하며 먹었어요. 전혀 알지 못했던 맛의 신세계를 경험했죠. 이 핫도그를 먹지 않았더라면 세상의 절반은 모르고 사는 거나 마찬가지였다는 생각이 들 정도였어요. 저는 그 자리에서 핫도그 한 개를 다 먹고, 두 개를 더 시켜 먹었어요.

저는 이 핫도그를 먹으며 내면의 자유로움과 풍요로움을

느꼈어요. 적어도 핫도그를 먹고 있는 순간에는 모든 것을 잊을 수 있었죠. 핫도그를 다 먹고 나서야 왜 핫도그 주인이 '두 개 삼천 원'을 말했는지 이해가 갔어요. 저는 이 핫도그에 이름까지 붙였답니다.

'기쁨을 주는 핫도그'

저는 일주일간 계속 이 핫도그 노점을 찾아갔습니다. 정확히 같은 시간에 핫도그 두 개를 사 먹었죠. 기쁨을 주는 핫도그는 매일 먹어도 동일한 수준의 만족감을 느낄 수 있는 유일한 음식이자, 내게 평온함을 주는 영혼의 음식이었죠. 그런데 정확히 8일째 되는 날, 그 핫도그 노점은 사라져 버렸습니다.

노점에 걸린 현수막, 수북이 쌓여있던 핫도그 번, 소시지를 삶던 흑인 주인, 모든 게 한순간에 소멸해 버린 거예요. 저는 꿈속에서 헤매는 것이 아닌가 생각했어요. 하지만 이건 꿈이 아니었어요. 제 혀는 따뜻한 핫도그의 온기를 아직 느끼고 있었거든요.

그 이후로 저는 전국의 핫도그 집을 찾아 돌아다녔습니다. 100군데가 넘는 핫도그 노점을 찾아 헤맸죠. 하지만 그 어디에서도 이와 같은 맛을 내는 핫도그 가게는 찾을 수 없었습니다. 길쭉한 번을 갈라 따뜻한 소시지를 넣고 그 위에 머스터드 소스를 뿌린 아주 간단한 플레인 핫도그였지만, 이 맛을 낼 수 있는 가게가 없었어요.

그때 저는 깨달았죠. 어눌한 발음으로 핫도그 두 개를 외치던 흑인 주인의 존재, 가게를 감싸고 있던 대기의 흐름, 어스름한 노을이 만들어 내는 아련한 분위기, 노점에서 흘러나오는 존 레넌의 노래가 어우러져 특별함을 만들고 있었다는 것을.

"네, 그래서 당신이 여기에 있나 봅니다. 숙자 씨, 소시지를 너무 많이 드셔서 콜레스테롤이 심각한 수준이에요. 소시지 섭취를 줄이시기 바랍니다."

존재의 의미

이 세상에 유용하지 않는 것은 없다. 목적 없이 존재하는 것도 없다. 이를테면 오케스트라에 쓸모없는 단원이 없는 것처럼, 자연에 쓸데없는 생물은 존재하지 않는 것처럼 말이다. 단지 쓸모 있는 것은 그 쓸모를 알고 있지만, 쓸모없는 것은 그 쓸모를 모르고 있을 뿐.

다리 떨기가 그렇다. 겉보기에는 아주 쓸모없는 행동 같아 보이지만, 사실 이것에는 놀라운 비밀이 숨겨있다. 왼쪽 발뒤꿈치와 오른발 발등을 맞닿은 채 다리를 초속 10m의 속도로 1분 동안 정확히 485회를 떨게 되면 새로운 차원에 닿는 공간의 포털이 1분간 열리게 된다. 그리고 그 포털에 들어가면 또 다른 자신이 존재하는 새로운 차원이 펼쳐진다. 그리고 만약 그 세계의 자신과 맞닥트리게 된다면?

둘은 합체되어 새로운 능력을 얻게 된다. 나는 이렇게 초능력을 얻게 됐다. 초능력이라고 해서 대단한 능력은 아니다. 1m 상공을 3초간 부유할 수 있고, 한쪽 시력이 조금 더 좋아지며 남들보다 2배가 넘는 양의 식사를 할 수 있다. 이 능력이 쓸모없어 보일지 모르겠다. 하지만 이 쓸모없어 보이는 능력도 어딘가에는 다 쓸모가 있다.

나는 공중 부양으로 중학생 때 이미 덩크슛을 할 수 있었고, 이 덩크슛으로 호감을 느끼고 있던 여자아이와 사귀게 됐다. 고등학생 때는 좋은 시력으로 커닝을 잘해서 좋은 내신 성적을 받았고, 지금은 남들이 따라갈 수 없는 식사량으로 인터넷 먹방 BJ로 활동하고 있다. 다 초능력 덕분에 생긴 변화고, 결과적으로는 이게 다 다리를 열심히 떨었기 때문이다. 한번 다리를 제대로 떨었기 때문에 운명이 바뀐 것이다.

최근에 자신이 차원의 포털을 열었다고 하는 사람을 만났다. 그는 다리를 떨지 않았다. 대신 회전의자에 앉은 상태에서 양옆으로 흔들었다고 한다. 정신 사납다며 흔들지 말라는 할머니 말에 회가나 더욱 미친 듯이 흔들었다고 한다. 그리고 새로운 차원의 포털을 열게 된 것이다.

세상에 쓸모없는 것은 없다. 단지 그 쓸모를 모를 뿐.

금광

햇빛에 검게 그을린 피부, 눈가의 자글자글 잡힌 주름, 곳곳에 보이는 검버섯, 길게 늘어뜨린 흰 수염. 이 노인은 얼핏 봐도 쉽지 않은 인생을 살아온 흔적이 역력히 보였다. 고목처럼 메마르고 거친 손에는 삽 한 자루를 들고 있었다. 그는 매일 아침 7시 정확한 시간에 삽을 들고 콜로라도 파이크스산 어귀의 상수리나무를 찾았다. 나무 주변을 둘러보고 삽으로 그 둘레의 땅을 파냈다. 이 작업은 오후까지 지속되었고, 정확히 3시가 되면 하던 일을 멈추고 돌아갔다.

　시간이 제법 지나자 3m가 훌쩍 넘는 거대한 상수리나무의 깊은 뿌리가 드러났다. 나무 주변으로 그 끝이 보이지 않는 거대한 구멍들이 생겼다. 깊이는 적어도 20m는 되어 보였다. 그는 더 깊이 내려가기 위해 줄사다리를 설치하고 땅굴 곳곳에 조명을 설치했다.

　궁금증을 참지 못한 한 행인이 그에게 물었다.

　"아니, 할아버지. 여기서 대체 왜 땅을 파고 계신 겁니까?"

　"이곳에 금맥이 있네."

　그가 답했다.

　"금맥이요?"

　행인은 놀라서 재차 물었다.

"1850년대 후반 골드러시 때 발견된 금광이 이 밑에 파묻혔네. 1872년 거대한 산사태가 일어나 250명이 사망한 사건이 있었지. 그때 함께 묻힌 금들이 이 아래 있다네. 나는 32년 전 몬태나주 반나크의 한 골동품 상인에게 지도를 구입했네. 정확한 금의 위치가 표기된 지도였지. 나는 지난 30년간 정확한 금맥의 위치를 찾기 위해 인생을 바쳤네. 그리고 바로 이곳에 그 장소임을 알아냈지."

노인의 진지한 말투와 표정, 그리고 오랫동안 깊게 파인 이 거대한 땅굴을 보니 그의 말이 사실 같았다. 이게 사실이 아니라면 미친 것이리라.

"아, 제가 땅 파는 것을 돕겠습니다. 만약 금이 나온다면 저에게도 조금 나누어 줄 수 있을까요?"

그가 물었다.

"문제 될 것 없지. 이 밑에는 평생을 캐내도 다 못 가질 금이 쌓여있으니까."

행인은 곧바로 땅을 파는 데 동참했다. 시간이 더 지나자 금맥에 대한 소문을 들은 몇몇 사람들이 모여들었다. 그리고 그들은 함께 팀을 꾸려 본격적으로 땅을 파기 시작했다.

땅굴의 깊이가 40m에 달하자 지하수가 터져 나왔다.

"지하수다. 이제 이 아래를 더 파면 금맥이 보일 것이요. 지하수에서는 곧 사금이 흘러나올 것이오."

노인이 말했다.

그때였다.

제복을 입은 한 사내가 노인의 어깨를 붙잡고 말했다.

"미스터 킴? 킴철구?"

제복의 사나이가 말했다.

"내가 김철구 맞소."

노인이 말했다.

"몇 달 전 실종 신고를 받고 온 경찰입니다. 함께 서에 가주시죠. 따님께서 애타게 찾고 계십니다."

노인은 체념한 표정을 지으며 순수히 경찰차를 탔다.

경찰서에 도착하니 한 중년의 여성이 노인을 기다리고 있었다. 그녀는 노인에게 다가와 다그치며 말했다.

"아버지, 또 여기서 땅 파고 계시면 어떡해요? 병원에서 받아온 약은 매일 드시라고 했잖아요."

용사의 검

"자네가 최후의 1인인가? 제법이군. 그 심한 경쟁을 뚫고 여기까지 오다니…."

검의 수호자가 말했다.

"네, 이제 저만 남았습니다. 검의 수호자가 되기 위해 여기까지 왔습니다. 쉽지 않은 여정이었죠."

기사가 말했다.

"그래, 고생했네. 잘 알겠지만, 자네를 선택한 것은 용사의 검 클리푸티오스의 수호자로 임명하기 위함이네. 그러기 위해서 우리는 보다 확실하고 믿을 수 있는 실력의 기사가 필요했고, 이를 검증할 필요가 있었지."

검의 수호자가 말했다.

"사실, 나는 이제 너무 늙어 기력이 없다네. 폐하께 후계자를 뽑아달라 간청했지. 그리고 나는 이 자리에 너무 오랫동안 앉아 있었어. 내가 은퇴를 해야 후배들이 또 새로운 시대를 만들어 갈 것 아닌가? 허허허."

검의 수호자는 천으로 용사의 검을 닦으며 말했다.

"난, 35년간 용사 직을 수행하며 24마리의 드래곤을 잡았고, 8명의 마왕을 물리쳤지. 그리고 지난 20년은 이 검의 수호자로 살아왔네. 자네의 역할은 이제 진정한 용사가 나타날 때까지 이 검을 지키는 것이네. 이 검을 마족에게 빼앗기게 되면 이 세계는 암흑에 빠지게 될 걸세. 책임이 막중하다는 거지. 자네도 알겠지만, 왕의 명을 받들어 검의 수호자로 살아간다는 것은 우리 기사들의 가장 큰 명예라네. 이제이 검을 수호할 수 있는 영광을 자네에게 물려주겠네. 나는 살 만큼 살았어."

검의 수호자는 용사의 검을 벽에 걸며 후계자에게 물었다.

"그나저나 자네는 왜 검의 수호자가 되기로 했나?"

"네, 용사의 검 수호자는 다른 보직에 비해 상당히 편하다고 들었습니다. 매일 아침, 저녁으로 칼을 닦아 걸어 두고 관리일지에 서명만 하면 된다고 들었죠. 그리고 최근에 검 수호자의 급료가 많이 인상되었어요. 다음 달부터는 정년도 사라지고, 매달 금화 5만 나크마가 지급된다죠? 검의 수호자는 모든 기사가 꿈꾸는 직업입니다. 그 정도 급료를 받는 사람은 수석 마법사밖에 없어요. 경쟁 또한 그만큼 치열해졌죠."

기사가 말했다.

"음, 자네 올해 나이가 몇인가?"

검의 수호자가 말했다.

"네, 올해 28세가 되었습니다."

기사가 말했다.

"음, 젊군. 자네 내 나이가 몇이라고 생각하나?"

검의 수호자가 말했다.

"네, 60세 이상은 되어 보이십니다."

기사가 말했다.

"그럼, 누가 앞으로 누가 더 오래 살 것 같은가? 자네인가 나인가?"

검의 수호자가 말했다.

"제가 더 오래 살 것 같습니다."

기사가 말했다.

"그럼, 검의 수호자 역할을 누가 더 오래 할 것 같나? 자네인가 나인가?"

검의 수호자가 말했다.

"제가 더 오래 할 것 같습니다."

기사가 말했다.

"그럼, 이 역할을 지금 자네가 차지하는 것이 맞겠나? 아니면 내가 조금 더 이 자리에 있는 것이 맞겠는가?"

검의 수호자가 말했다.

"수… 수호자님이 계시는 게 맞을 것 같습니다."

기사가 말했다.

"그럼, 이만 돌아가게."

검의 수호자가 말했다.

쾨니히스베르크 다리

"4개의 섬으로 된 프로이센 쾨니히스베르크에는 프레겔 강이 흐르고 그 위에는 7개의 다리가 있어. 그 다리를 한 번씩만 차례로 건너는 방법을 알아낸다면 나와의 데이트를 허락해주지."

그녀가 말했다.

"알았어. 그야 어렵지 않지. 시간이야 남아도니까."

내가 말했다.

"이렇게 답답하다니까. 일곱 개의 다리를 한 번씩만 건넌다는 것은 이론적으로 불가능해. 1735년에 오일러가 이를 증명했지. 너랑 데이트한다는 것은 이론적으로 불가능하다는 거야."

그녀가 말했다.

"이론은 이론일 뿐이지. 실제는 다를 수도 있잖아?"

내가 말했다.

"아니, 다를 수 없어. 이론은 상당히 과학적인 것이니까. 과학은 정확해야 하거든. 1이 아니면 0으로 존재하는 디지털처럼 실재한다면 실재하는 것이고, 그렇지 않으면 존재하지 않는 거야. 충분히 검증된 기반을 토대로 증명된 구조 체계란 말이지."

그녀가 말했다.

"게다가 너와 나의 성격은 심해부터 우주까지 만큼의 격차가 있어. 마치 무중력에서 흐물거리는 문어 같은 너의 그 어물쩍거리는 성격은 정말이지 썩은 치아의 뿌리부터 신경 치료하는 느낌이 들 정도로 소름 끼친다고."

"하지만 문어는 맛있잖아. 신경치료를 하면 이도 건강해지고 말이야."

내가 말했다.

"정말 답답하다니까. 너와 함께 있으면 이렇게 답답해. 마치 내장지방이 잔뜩 끼어서 혈관이 막히는 기분이야. 너를 만나다가 심혈관질환이나 대사증후군에 걸릴 거 같아. 내가 너랑 만나면서 줄곧 복부비만, 혈압상승, 콜레스테롤 수치 걱정이나 하면 좋겠어?"

그녀가 말했다.

"그렇다면 다이어트를 하면 되잖아. 난 운동을 좋아하고, 달리는 것도 좋아하는데."

내가 말했다.

"난 말이야. 내 몸에 꼭 맞는 원피스 같은 남자를 만날 거야. 알겠어? 영혼의 주파수가 같은 남자 말이야. 너 같이 설탕에 절인 과일 통조림이나 가공육류 같은 냄새가 나는 남자 말고, 프랑스 브르타뉴 지방의 고급스럽고 우아한 레스토랑에서나 맛볼 수 있는 칼바도스 요리 같은 남자 말이야. 크렘 브륄레처럼 부드럽고 달콤하지만 타르트 타탱처럼 속이 가득 찬 남자."

그녀가 말했다.

"음, 알았어. 일단 집에 가서 쾨니히스베르크 다리를 건너는 방법을 생각해 볼게."

내가 말했다.

아이스크림

"소프트 아이스크림을 상당히 좋아합니다. 보통 하루에 3개에서 4개 정도 먹죠. 제가 마시는 커피 양보다도 많은 양이예요. 주로 바닐라 아이스크림에 초콜릿 시럽을 뿌려 먹거나, 피넛 토핑을 뿌려 먹는 걸 좋아합니다."

그가 말했다.

"아, 당신은 소프트 아이스크림을 좋아하시는군요. 저는 하드 바를 즐겨 먹어요. 돌덩이처럼 단단하고 혀에 달라붙을 정도로 차가운 하드 바를 좋아하죠. 아이스크림 가게의 냉장고에 손을 깊숙이 파묻고 마치 고대 유적을 발굴하듯 손을 조심스럽게 뻗어 가장 단단하고 차가운 녀석을 선택해요. 아이스크림을 계산하고 그 자리에서 껍질을 까 우걱우걱 씹어 먹는 거예요. 이가 시리고, 머리에 두통이 날 정도로 차가운 것을 그대로 여과 없이 온몸으로 받아들이는 거죠."

그녀가 말했다.

"저는 아이스크림을 직접 만듭니다. 어느 순간 시중에 판매하는 아이스크림이 더 이상 제 혀에 기쁨을 주지 못했어요. 그래서 직접 아이스크림을 만들기로 결심했죠. 저는 발품을 팔아 가장 맛있다는 필리핀산 바닐라 에센스, 고소한 노른자로 유명한 아바 치킨의 유기농 특란, 유네스코 생물권 보존 지역에서 신선한 목초를 먹고 자란 창신 목장 젖소의 1 AA 등급 우유, 그리고 프랑스 황실에만 납품했다던 천연 흑설탕, 히말라야 핑크 솔트를 준비합니다. 그리고, 파가니니의 바이올린 협주곡을 들으며 모든 재료를 쏟아붓고 천천히 아이스크림 베이스를 만들죠. 완성된 베이스는 적당한 온도로 맞춰진 냉동실에 넣어두고 충분히 시간을 들여 숙성시키죠."

그가 말했다.

"아이스크림을 직접 만드는 남자라… 꽤 매력적인 걸요. 확실히 적당히 얼음을 갈아 스트로베리 셔벗을 만드는 남자랑은 다르군요. 저는 확실히 하드 바 타입이지만 당신 정도라면 꽤 괜찮을 거 같아요. 그런데 왜 이렇게 아이스크림에 집착하는 거죠?"

그녀가 말했다.

"마치 공무원 시험 같은 겁니다. 연이은 실패에도 헛된 희망 때문에 계속 시험을 보게 되는 것처럼 이 세계에 한번 맛을 들여놓으면 절대 끊을 수 없어요. 전 한 번 맛을 본 순간 치명적인 매력에 빠지고 말았죠. 벗어나고 싶어도 도저

히 벗어날 수 없었어요. '무한궤도를 도는 아이스크림 이론'
이라는 것을 아세요? 처음에는 그저 갈증 때문에 아이스크
림을 찾았죠. 하지만 아이스크림을 먹으면 먹을수록 더욱
갈증은 더욱 심각해질 수밖에 없는 거예요. 마치 목마르다
고 바닷물을 마시면 더욱 갈증이 생길 수밖에 없듯이. 끊임
없이 생기는 갈증을 해소하기 위해 끊임없이 아이스크림을
먹을 수밖에 없는 거예요. 도저히 멈출 수 없죠."

그녀가 말했다.

"네, 그래서 당신이 여기에 있나 봅니다. 용철 씨, 아이스
크림을 너무 많이 드셔서 콜레스테롤이 심각한 수준이에요.
아이스크림을 줄이시기 바랍니다."

"살아생전 부모님께 대접하고 싶은 마지막 음식이 있다면 그건 바로 석구 반점의 짜장면이다. 뉴욕 타임스."

"스튜디오는 지금 홍수에 빠졌다. 석구 짜장면을 맛본 순간 입안에 감칠맛이 가득 퍼지는 맛의 홍수라는 재난에 대비해야 할 것이다. CNN."

"밀가루를 잘 풀고, 뭉치고, 반죽하는 과정. 짜장면의 완성도는 이런 시시콜콜한 부분에서 판가름 난다. 석구 반점의 비밀은 바로 기본기가 탄탄한 면에 있다. 워싱턴 포스트."

석구 반점은 짜장면 단 하나의 메뉴로 세계인의 입맛을 사로잡은 전설의 식당이었다. 주방장 최석구는 35년 전 혈혈단신으로 서울에 올라와 지금의 성공을 일궈냈다. 맛에 대한 자부심이 강했던 최석구는 짜장면으로 최고가 되고 싶었다. 그는 최고의 짜장면을 만들기 위해 모든 인생을 짜장면에만 몰두했고, 결국 최고의 짜장면을 만들어 낸 것이다.

실력만으로 중식 명장의 칭호까지 얻은 최석구였지만, 그에게는 한 가지 고민이 있었다. 바로 자신의 뒤를 이을 후계자가 없다는 것. 그러던 중 이 소식을 전해 들은 방송국 PD가 그를 찾아왔다. 잦은 방송 출연 덕분에 친분이 두터운 김 PD였다. 김 PD는 최석구에게 한 가지 제안을 했다. 바로 석구 반점의 후계자를 방송으로 공개 모집을 하자는 것이다. 최석구는 이 제안을 흔쾌히 받아들였다. 방송을 보고 전국 각지에서 재능 있는 인재들이 모여들 것이고, 이를 통해 후계자는 물론이고 가게의 인지도 또한 올라갈 것으로 생각했다.

"네, 지금부터 명장 최석구 님의 짜장면 만들기 시연이 있겠습니다. 후보자들께서는 잘 보시고 그대로 만들어주시기 바랍니다."

방송은 시작되었다. 최석구는 양말을 벗고 깨끗이 발을 씻었다. 그는 준비된 재료들을 꼼꼼히 살펴보고 발로 냄새를 맡기 시작했다. 이미 방송에서 여러 번 언급되었지만, 만성 후각장애로 코가 막혀버린 그는 발로 냄새를 맡았다. 최석구는 양발로 밀가루를 반죽하기 시작했다. 관객들은 웅성거렸다. 최석구가 발로 냄새를 맡는다는 사실은 널리 알려진 사실이지만, 발로 짜장면을 만든다는 이야기는 들은 적이 없었기 때문이다. 최석구는 익숙한 발놀림으로 가느다란 면을 뽑아냈다. 석구 반점 맛의 비밀은 바로 최석구의 발로 만든 족타면에 있었던 것이다.

최석구가 카메라를 보며 말했다.

"저는 기계로 면을 뽑지 않습니다. 발로 밀가루 반죽을 쳐내고 정확히 135가닥을 8분에 뽑아내죠. 오직 발의 감각만을 이용해 탄력 있는 면을 만들어 냅니다. 이게 석구 반점 짜장면의 핵심이죠. 면이 제대로 서야 온전한 짜장을 만들 수 있습니다. 후보자들께서도 이 점을 명심해 주시기 바랍니다."

최석구의 시연이 끝나고 이제 후보자들이 요리를 만들 차례였다. 최석구의 요리 과정을 모니터로 지켜보던 5명의 후보자는 차례로 무대에 올라와 면을 만들기 시작했다. 요리에 발을 사용해 봤을 리 없는 이들은 손을 이용해 수타면을 만들었다. 후보자들이 만든 수타면은 겉보기에 최석구의 면과 비슷해 보였지만, 족타면의 맛을 따라오기에는 역부족이었다.

시간이 흘러도 족타면의 맛을 흉내 낼 수 있는 후보자가 나타나지 않자 무대는 술렁거렸다. 이대로 방송을 진행해야 할지, 아니면 중단해야 할지 김 PD는 결정해야 했다.

그때 허름한 옷차림의 한 사내가 무대에 올랐다. 예정에 없던 갑작스러운 등장에 무대는 술렁이기 시작했으나 김 PD는 이 정체 모를 마지막 후보를 지켜보기로 했다.

그는 자신의 이름을 나일구라 소개했다. 그는 양발을 깨끗이 씻고 수건으로 닦았다. 찰나의 순간이지만 최석구는 그의 발이 범상치 않음을 직감했다. 그는 본능적으로 나일구에게 달려가 그의 발을 유심히 살펴봤다.

"아니, 이런 발이 한국에 존재했다니…. 허허허 지켜보겠네, 나일구 군."

나일구는 밀가루를 풀고 발로 반죽을 하기 시작했다. 나일구는 강한 힘을 주며 발바닥으로 반죽을 쳐댔다. 그는 반죽을 엿가락처럼 늘렸다 꼬기를 반복하며 쫄깃한 면을 만들었다. 삶은 면의 탄력과 쫄깃함은 최석구의 반죽과 흡사했다. 아니 어쩌면 그 이상이라고 봐도 좋을 듯했다.

"바로 이거야!"

김 PD는 소리를 질렀다.

"음, 완벽한 족타면이다."

최석구가 말했다. 그도 속으로 차기 후계자를 이미 정한 듯했다.

"자, 그럼 최석구 명장님의 시식이 있겠습니다. 후보자들의 만든 면을 맛보시고 평을 해주시기 바랍니다."

사회자가 말했다.

"이런, 이게 수타면이라니. 차라리 제면기로 뽑은 면이 낫겠군요."

최석구는 수타면을 만든 후보자들에게 혹평과 질타를 날렸다.

최석구는 마지막 후보자 나일구의 면을 맛보았다.

"아니, 이건!"

최석구는 씹던 면을 뱉으며 소리쳤다.

"쫄면이다! 족타를 치는 과정에서 글루텐이 다량 생성되어 쫄면이 되었다. 짜장면 면발의 쫄깃함을 넘어 버린 거야!"

"자, 그럼 마지막으로 최석구 명장님께서 후계자 지목이 있겠습니다."

사회자가 말했다.

"제, 후계자는⋯ 인천에서 온 4번 후보자 이득천 씨."

"아니, 마지막 후보자 나일구 씨는?"

사회자 말했다.

"아쉽게도 그의 면은 중식이 아니라 분식에 가까웠습니다."

최석구가 말했다.

방송이 종료되고 출연자 대기실로 들어온 최석구는 나일구의 어깨를 치며 말했다.

"훗, 좋은 발 맛이었다. 언젠가 다시 보세."

진공관 그녀

"그녀를 만났을 때 난 창작의 원천이 완전히 고갈된 상태였어. 작은 아이디어라도 얻기 위해 갈라진 우물 바닥 속을 바가지로 긁고 있었다고. 하지만 난 이야기를 쓸 수 없었네. 무언가를 쓰려하면 마치 엉망으로 엉켜버린 실타래의 시작점을 찾는 기분이 들어 아무것도 쓸 수가 없게 되는 거지. 이야기를 쓸 수 없는 소설가라니 상상이나 할 수 있겠나? 하지만 그때가 바로 그런 상태였어. 모든 창의가 소멸되어 제로가 돼버린 상태. 난 라마즈 호흡법까지 익혀서 어떤 이야기라도 끄집어 내려했지만, 창작의 고통만 더해질 뿐이었지. 작가 인생이 이렇게 끝나버린다고 생각했어. 왜 하트 크레인과 헤밍웨이가 자살을 선택했는지 이해되더라고."

그가 말했다.

"난 제정신으로 있을 수 없었네. 매일 밤 술집을 찾았고 머리가 깨질 때까지 위스키를 퍼마셨지. 그런데 그때 그녀가 다가온 거야. 날 알아본 모양이었어. 그녀가 이렇게 말했지."

"혹시, 김박두 선생님 아니세요?"

"그녀는 내 소설의 팬이라고 했네. 나도 잘 기억이 안 나는 10년 전 작품의 주인공을 언급하며 자신에게 큰 영향을 준 작품이라고 말했지. 그녀는 말이야, 요즘 같은 트랜지스터 세상에 따뜻하게 세상을 감싸주는 진공관 오디오와 같았어."

그의 눈에는 눈물이 고여있었다. 그는 잠시 호흡을 가다듬었다. 하얗게 변해버린 긴 수염을 한번 쓰다듬으며 커피를 한 모금 마셨다. 그리고 이야기를 이어 갔다.

"그녀는 정서라든가 표정이 풍부했지. 목소리는 자연스러우면서도 음색의 미묘함이 있었고 알 수 없는 묘한 울림이 있는 여자였어. 나는 그녀의 말에 귀를 기울였고, 그녀는 내가 무슨 말을 하던 향긋한 미소를 보내주었지. 그녀는 마치 어두운 터널 저편에 비취는 작은 빛 한 줄기와도 같은 존재였네. 나는 그녀를 집에 초대했네. 우리는 함께 까베르네 소비뇽 와인을 마셨고, 레이먼드 챈들러의 소설에 관해 이야기하며 글렌 밀러와 엘라 피츠제랄드의 음악을 들었어. 진공관 앰프에서 흘러나오는 아름다운 피아노 선율은 우리를 낭만이 있던 1960년대로 돌아가게 했지. 그날 밤 우리는 함께였네."

그의 눈가에는 눈물이 흐르고 있었다. 나는 그에게 손수건을 건넸다. 그는 눈물을 훔치고 수염을 쓰다듬고 다시 커피를 마셨다.

"그리고, 그녀는 다음날 사라졌다네. 이른 아침 지저귀는 새소리에 깨어 일어나 보니, 마치 주인에게 버려진 고양이처럼 나 혼자 방에 덩그러니 남겨져 있었지. 진공관 앰프 같던 그녀는 내 진공관 앰프와 함께 사라졌네. 나는 기억이 희석되어 사라지기 전에 이 이야기를 소설로 썼네. 그리고 탄생한 작품이 바로 '진공관 그녀'라는 작품일세. 나는 이 작품을 그녀가 읽고 내게 다시 돌아와 주길 바랐네. 하지만 그녀는 오지 않았지."

그는 커피의 마지막 모금을 마셨다. 그리고 잔을 내려놓으며 말했다.

"시간이 흘러 한 중고 오디오 가게 주인이 나를 찾아왔네. 사라졌던 내 오디오와 함께. 그는 내 소설을 읽었다고 했네. 그리고 앰프에 새겨진 내 이름의 이니셜을 발견했다고 말했지. 이렇게 내 진공관 앰프는 제 자리를 찾았지만, 나는 그 오디오를 보고 더 큰 슬픔에 잠겼네. 앰프의 소리가 그녀의 목소리를 닮아서…"

피넛 버터와 오후의 코끼리

나는 한 달 후 그녀를 찾아갔다. 한 장의 종이와 함께. 쾨니히스베르크 다리 건너기 해법을 빼곡히 적은 종이였다. 이 문제를 풀기 위해 푸리에 급수, 리만 스틸체스 적분, 오일러 공식을 공부했다. 시간이 걸리긴 했지만, 결국 문제를 풀어냈다.

"자, 정확히 한 번씩만 건널 수 있는 방법이야. 기억하지? 쾨니히스베르크의 다리 문제…."

나는 수없이 고쳐 써 마치 고지도의 파편처럼 되어버린 너덜너덜한 종이를 그녀에게 건넸다. 그녀는 종이의 앞뒤를 유심하게 번갈아 가며 꼼꼼히 살펴봤다.

"흥. 아주 바보는 아닌가 보군. 너와 만나는 것은 차가운 치킨을 먹는 것보다 싫지만, 약속은 약속이니…. 매디슨 카운티의 다리나 콰이강의 다리 문제를 내지 않은 것에 감사하라고. 자, 그럼 모처럼의 데이트인데 동물원에 갈까? 첫 데이트에는 역시 동물원이지."

그녀가 말했다.

바람이 선선하게 불고 맑게 갠 화창한 오후였다. 우리는 볶은 땅콩과 피넛 버터, 그리고 롤빵을 사서 동물원으로 갔다. 도심에 있는 한 한적한 동물원이었다. 도심에 있는 한적한 동물원답게 동물들도 한적하게 있었지만, 그녀는 마치 아이 같은 즐겁고 순수한 미소를 짓고 있었다. 우리는 코끼리 우리로 갔다. 커다란 시멘트 우리에는 늙고 커다란 코끼리 한 마리가 서 있었다. 우리는 땅콩을 먹으며 오랫동안 코끼리를 구경했다. 그녀는 아예 자리를 깔고, 코끼리를 관찰했다. 나는 땅콩 껍질을 벗기며 묵묵히 코끼리 우리를 쳐다봤다. 저 코끼리에게 무슨 특별한 것이 있을까 해서 꽤 집중해 쳐다보았지만, 그저 평범한 회색 코끼리였다. 다만 조금 늙고 피곤해 보일 뿐.

"이전에 한 코끼리가 사람에게 돌팔매질한 사건이 있었어. 코로 돌을 집어 사람을 향해 던졌지. 무슨 이유에서인지는 몰라도 단단히 화가 났던 모양이야. 그 사람은 코끼리가 던진 돌에 머리를 맞어. 그리고 그 코끼리를 고발했지. 경찰은 코끼리를 취조해 보았지만, 아무런 증거를 찾지 못했어. 완벽한 범죄였던 거지. 그 사건은 그렇게 흐지부지 끝나버리고 그 코끼리는 다시 우리 안으로 돌아왔지. 하지만 그 코끼리는 이내 죽고 말았어. 꽤 나이가 많았던 코끼리라 수의사들은 자연사라 판단했지."

그녀는 롤빵을 꺼내 피넛 버터를 발랐다. 그리고 그 빵을 코끼리 우리에 던졌다. 코끼리는 떨어진 롤빵을 한참 쳐다보더니 이내 코로 주워 먹었다. 그녀는 내게도 피넛 버터를 바른 롤빵을 건넸다.

"그런데, 재미있지 않아? 그 커다란 코끼리가 돌을 던졌는데도 아무도 본 사람이 없었어. CCTV에도 찍히지 않았지. 코끼리 무덤이라는 전설이 있어. 무리 생활을 하는 코끼리는 죽음을 직감하면 무리에서 이탈해 홀로 자신이 죽을 무덤을 찾아간다는 거야. 그리고 쓸쓸하고 외롭게 죽음을 맞는 거지. 아마 그 코끼리는 시멘트 우리에서 자신의 무덤을 찾을 수 없었겠지. 그래서 화가 난 거라고. 그래서 아주 지능적으로 범죄를 계획한 거야."

난 땅콩을 씹으며 묵묵히 그녀의 말을 들었다.

"피넛 버터에는 말이야. 스트레스를 푸는 성분이 들어 있대. 피넛 버터의 유일한 성분이 땅콩인데 땅콩을 스프레드로 만들어 버리면 특별한 뭔가가 생기는 거지. 그래서 피넛 버터를 바른 롤빵을 먹으면 기분이 좋아져. 저 코끼리도 머지않아 자신의 무덤을 찾을 날이 다가오겠지…"

그녀는 피넛 버터를 바른 두 번째 롤빵을 코끼리 우리에 던졌다.

마크 싱어

지금은 우리가 잘나가는 마크 싱어가 되었지만, 덴젤 워싱턴으로 떠나지 않았다면 우리는 론 실버에서 브루스 윌리스나 추고 있었겠지. 우리가 어떻게 마크 싱어가 되었냐고?

　그때는 게리 부시가 재선에 성공했고, 모건 프리먼이 자유를 외쳤으며, 슈워제네거에서 정상 회담이 열린 시기였지. 국제적인 정세가 급변하던 시기였던 거야. 냉전이 종식되고, 무역장벽마저 허물어져 전 세계가 본격적인 경쟁 체계로 돌입하게 된 거지.

　상황이 이쯤 되니 우리는 덴젤 워싱턴으로 떠나기로 했어. 우리는 마지막 밤을 로버트 잉글런드에서 보냈네. 저녁으로 라이언 오닐로 구운 로렌스 피쉬번을 먹고, 잭 니콜슨에 잭 레몬을 잔뜩 뿌려 마셨지. 그리고 새벽 여명을 등지고 덴젤 워싱턴으로 떠났어. 왜 하필 이 시기에 덴젤 워싱턴이었냐고? 사실 특별한 이유는 없었어. 거기에 새로 생긴 그레고리 하인즈 체인점이 있었거든. 우리는 중고로 구입한 로버트 레드포드를 탔네. 비록 5000달러짜리 중고 픽업트럭이었지만, 은은한 붉은색이 매력적인 근사한 차였지. 우리는 스티븐 시걸을 사이좋게 나눠 피우며 윌 스미스의 앨범을 틀고 미친 듯이 장끌 로드를 달렸네. 마치 무엇에 홀린 듯했어. 그때였어. 계기판은 88마일을 가리키고 있었고, 리처드 기어를 5단으로 변속하던 시점이었어. 갑자기 차체가 심하게 흔들리기 시작한 거야. 주위가 어두워지고, 차 안에는 냉기가 돌았네. 이게 한 5분 정도 지속되었을 거야. 그러더니 이내 잠잠해졌어. 맑은 햇살은 차창 안을 비춰고 있었고, 세상은 무서울 정도로 고요했어. 우리는 여전히 고속도로를 달리고 있었지.

우리가 다른 시공간에 들어왔다는 것을 알아차리는 데는 그리 오랜 시간이 걸리지 않았어. 로버트 잉글런드에 안소니 퀸이 재위를 하던 시절로 돌아간 거야. 우리는 다른 것보다 덴젤 워싱턴에 그레고리 하인즈를 갈 수 없다는 아쉬움으로 슬픔에 잠겼지. 거기서 데니스 호퍼를 잔뜩 먹을 계획이었거든. 우리는 잠시 차를 세우고 옆에 보이는 샘 워터스톤에서 목을 축였네. 그리고 옆을 보니 아주 잘 익은 밴 애플렉이 주렁주렁 열려 있었어. 우리는 미친 듯이 애플렉을 따먹으며 이제 어떻게 해야 하나 고민을 했지.

그때 전단이 하나 보였는데 그게 바로 로버트 포스터였어. 우리는 로버트 포스터를 꼼꼼히 살펴봤어. 마크 싱어를 뽑는다는 오디션이었지. 우리는 그 길로 워렌 비티로 찾아가 오디션을 봤지. 그때 우리는 미키 루크, 미키 루니, 그리고 미키 마우스를 연기했어. 우리도 믿기지 않았지만, 우리는 그것으로 극단에 들어갔네. 그리고 마크 싱어가 된 거야.

해시 브라운의 급습

아침에 일어나 보니 냉장고가 고장 나 있었다. 겉은 멀쩡해 보이지만 속은 이미 죽은 것이다. 사실 이미, 꽤 오래전에 죽어 버린 것일 수도 있을 것이다. 마치 나이트 샤말란 감독의 식스 센스에 나오는 브루스 윌리스가 이미 죽어있었던 것처럼. 그리고 이 모든 것은 냉장고의 죽음으로부터 시작됐다.

　냉장고를 살펴보니 채소와 과일들은 이미 냉기를 잃은 지 오래였고, 마치 시들어 버린 꽃처럼 힘없이 축 처져 있었다. 냉동고 문을 열자 식자재가 해동되면서 흘러나온 물들이 넘치면서 바닥을 흥건히 적셨다. 냉장고의 음식들은 이미 죽었거나, 비참하게 죽어가고 있었다. 나는 냉동고에서 고등어와 다진 고기를 꺼냈고, 채소 칸을 열어 아직 숨이 붙어 있는 채소를 골라 건졌다. 아침부터 뜻하지 않은 요리를 시작하게 된 것이다. 고등어를 오븐에 굽고, 파프리카, 양파, 당근을 잘게 썰어 볶음밥을 만들었다. 다진 고기 일부는 간장을 넣고 볶았고, 나머지 고기는 햄버거 스테이크를 만들었다.

　혼자 먹기에는 양이 너무 많았다. 나는 캥거루에게 전화했다. 그는 이 근방이니 바로 오겠다고 했다. 10분 뒤 그가 도착했다.

"오랜만이군. 맛있는 것을 준비했다 해서 서둘러 왔네."

캥거루가 말했다.

"냉장고가 고장 났다고? 그럼 빨리 음식을 먹어 치워야 지. 냉장되지 않은 음식은 3시간 이내에 먹어야 해"

캥거루는 허겁지겁 햄버거 스테이크를 입에 밀어 넣으며 말했다.

"음, 이런 음식에는 모차르트 소나타가 제격인데. 미안하 지만 피아노 소나타 16번 좀 틀어 줄 수 있겠나?"

나는 모차르트의 레코드를 찾기 위해 잠시 자리를 비웠다.

그때였다. 해시 브라운의 공격이 시작된 것이. 냉동고 한 구석에서 스멀스멀 해동되고 있던 해시 브라운들이 정신을 차린 것이다. 이들은 생각보다 훨씬 호전적이었다. 해시 브 라운은 햄버거 스테이크를 먹고 있는 캥거루의 뒤통수를 내리쳤고, 우리가 당황해하고 있는 사이에 유유히 집을 빠 져나갔다.

"이봐, 하필이면 왜 해시 브라운 따위를 냉동고에 만들어 놓은 거야? 이제 끝장이라고."

캥거루가 말했다. 그의 입에는 브라운소스가 묻어 있었

다. 정오의 하늘을 맑고 깨끗했으며, 함박스테이크의 브라운소스는 햇살에 빛나고 있었다.

카포에라

어려서부터 친구들에게 따돌림과 괴롭힘을 당해 왔던 김정식은 강해지고 싶었다. 이제 학교 다닐 나이를 훌쩍 넘어버린 그는 누군가에게 괴롭힘 당할 일은 없어졌지만, 자신의 연약함을 극복하고 싶었다. 김정식은 강해지기 위해 무술을 익히기 원했다. 그는 가까운 태권도장을 찾았다. 그리고 그 도장에서 1년간 태권도를 수련했다. 하지만 아무리 수련을 해도 태극 1장 노란띠 품새를 넘어서지 못했다. 그를 가르치던 태권도 사범 최필두는 이렇게 말했다.

"기본적으로 태권도는 한국에서 종주된 무술이기에 한국인의 체형에 꼭 맞게 기술이 발달해 왔습니다. 하지만 김정식 씨의 체형은 한국인의 것이 아닙니다. 즉, 몸에 맞지 않는 옷을 걸친 꼴이라는 거죠. 김정식 씨는 태권도가 아닌 서양의 무술을 배워야 합니다."

"다른 무술을 배워도 늘지 않으면 어떡하죠? 저는 강해질 수 없는 건가요?"

김정식은 낙담하며 말했다.

"김정식 씨는 태극의 원리와 음양오행적으로 봤을 때 태권도를 포함해 쿵후, 태극권, 무에타이 등 동양 무술은 적합하지 않습니다. 그런 건 10년을 배워도 아무 소용없어요. 김정식 씨는 이와 철저히 대극에 있는 서양의 무술, 그중에서도 카포에라를 배워야 합니다. 불쑥 튀어나온 배와 길고 가는 팔다리를 보세요. 누가 봐도 전형적인 마르크스적인 체형이죠."

태권도 사범은 자신의 옛 친구라며 김정식에게 카포에라의 대가, 박두식 사범의 연락처를 건네줬다.

국제 전화번호였다. 김정식은 전화를 걸었다.

"소개받고 연락드렸습니다. 김정식이라고 합니다. 카포에라를 배우고 싶습니다."

"지금 당장, 브라질 상파울루로 날아오게. 그리고 거기서 파올렐리비아 도장을 찾아와."

카포에라 사범은 단호한 목소리로 말하고 전화를 끊었다.

김정식은 다음날 비행기를 타고 파올렐리비아 도장을 찾아왔다.

"자네가 김정식이구먼. 얘기는 잘 들었네. 딱 보니 왜 최 사범이 이곳으로 찾아오라 했는지 알겠군. 자넨 카포에라를 하기 위해 태어난 몸이야."

박 사범이 말했다.

"카포에라는 춤, 무술, 음악이 결합한 전통 무술이다. 카포에라의 정신부터 가르쳐 주는 도장은 전 세계에서 이곳이 유일하지. 내일부터 본격적으로 고된 수련에 들어갈 테니 오늘은 이만 쉬도록 하게."

　다음날 김정식은 아침 일찍 도장을 찾아왔다. 도장 사무실로 가니 최 사범이 계약서를 들고 기다리고 있었다.

　"이곳에 사인하게."

　"아니, 이게 무슨 계약서입니까?"

　김정식이 물었다.

　"노예계약서라네. 카포에라는 기본적으로 흑인 노예들의 무술. 아프리카 노예들이 무술 수련을 금지당하자, 춤 동작을 빌려 무술로 녹여낸 것이지. 따라서 제대로 카포에라를 배우기 위해서는 노예의 심정을 이해해야 하네. 이것이 카포에라의 첫걸음이지. 이 계약서는 7년간 버지니아주의 담배 공장에서 일해야 한다는 노예계약서네. 1700년대 흑인 노예들이 그랬던 것처럼, 담배, 목화, 그리고 사탕수수를 재배하고 부당한 노역을 통해 '노예의 한'을 기르는 것이지. 이것이 완성될 때 비로소 카포에라를 시작할 수 있게 되는 거네."

　"알겠습니다. 그럴 각오도 없었다면 저는 이곳에 오지도 않았겠죠."

　김정식은 순순히 계약서에 서명했다. 그리고 그는 철저한 노예 생활을 하기 시작했다. 백인 감독관은 철저히 노예들의 움직임을 감시했고, 조금이라도 노예들이 게으름을 피우면 가차 없이 채찍질해댔다. 카포에라를 배우러 온 다른 노예들은 괴로움을 이기지 못하고 도망을 시도했다. 하지만 이내 붙잡혀 사슬에 묶인 채 채찍질을 당했다. 그렇게 7년이라는 세월이 흘렀다. 정확히 7년이 되던 날, 그들은 다시 파올렐리비아 도장으로 송환되었다.

　"어떤가? 이제 노예들의 마음을 이해했는가?"

　최 사범이 말했다.

　"네, 사부님. 저는 노예였고 노예의 마음을 얻어 돌아왔습니다."

　김정식이 말했다.

　"그렇다면 지금부터 악기를 배우도록 하겠네. 카포에라에서 가장 중요한 것은 바로 음악, 음악이 없다면 카포에라도 존재하지 않지. 마치 싸대기 없는 막장 드라마를 생각할 수 없듯이. 양념 빠진 양념 통닭을 생각할 수 없듯이. MSG 빠진 라면을 생각할 수 없듯이 카포에라에서 음악은 필수

불가분한 요소라네. 카포에라 대련에서 경기를 주도하는 사람은 다름 아닌 음악을 주도하는 자. 지금부터 카포에라 악기 삼대장이라 불리는, 베림바우, 판데이루, 아타바키를 배우도록 하겠네. 악기별로 3년간 수련을 하면 마스터할 수 있을 거네. 참, 악기는 개별 구입이고, 수강생 20% DC가 있으니 참고하게."

김정식은 필사적으로 악기를 연습했다. 그리고 9년이라는 시간이 흘렀다. 이제 김정식은 베림바우로 5/4박자, 7/4박자 8/12박자까지 연주할 수 있는 지경에 이르렀다.

"음, 훌륭한 연주군. 악기가 울고 있어. 정말 한 맺힌 연주였네. 자네의 연주에서 16세기 노예들의 울부짖음을 들었네. 이제 본격적으로 카포에라의 기본 수련 단계로 들어가도 좋겠어. 카포에라의 동작은 기본적으로는 춤 동작이라네. 따라서 기본기를 익히기 위해서는 룸바, 차차차, 삼바, 자이브, 파소도블레 등 모든 라틴댄스 동작을 배우는 것이 선행되어야 하네. 지금부터는 춤 강습에 들어가겠네. 5년만 배우면 모든 동작을 무리 없이 익힐 수 있을 거야."

최 사범이 말했다.

김정식은 5년간 라틴댄스를 익혔다. 내친김에 왈츠, 탱고,

폭스트롯과 브레이크 댄스까지 모두 마스터했다. 모든 춤을 섭렵한 김정식은 최 사범에게 말했다.

"사부님, 이제 카포에라를 알려주십시오."

최 사범이 말했다.

"그래, 그동안 고생이 많았네. 이제 너는 카포에라를 배울 수 있는 기초 소양을 다진 걸세. 이제 본격적인 무술, 실전 카포에라를 배울 차례네. 자, 여기 번호가 있네. 내 친구 홍 사범일세. 이제부터 그에게서 수련할 것이네. 이만 하산하 도록 하게."

외계 문학

전 세계 최초, 외계 문학 완역!"

"번역가 김철구, 문학계에 새로운 지평을 열다!"

전 세계는 놀랐다. 아니, 이것은 문화적 충격이었다. 말 그 대로 외계인의 문학을 지구 언어로 번역한 책이 출간된 것 이다. 번역가 김철구의 소식은 전 세계 모든 일간지 1면을 장식했다. 전 세계 언론들이 그를 취재하러 동작구 흑석동에 모여들었다. 당국은 세계적인 스포트라이트를 받고 있는 번 역가 김철구를 청와대로 초청하고 공식적인 기자회견 자리 를 마련했다. 국제 기자단은 김철구와 질의 시간을 가졌다.

"김철구 선생님, 어떻게 외계어를 습득하셨습니까? 직접 외계인을 만나서 대화도 하십니까?"

기자단이 물었다.

"향향쏳땅랗? 하하하. 외계어로 안녕하십니까?라는 뜻이 오. 먼저 관심을 갖고 이 먼 곳까지 와주셔서 감사하오."

김철구의 이 외계어 한마디에 기자들은 벌써 웅성거리기 시작했다. '향향쏳땅랗'를 소리 나는 데로 따라 해 보기도 하고, '영어로 발음 기호가 어떻게 됩니까?'라는 질문도 연 신 쏟아졌다.

김철구는 말을 이었다.

"지금으로부터 20년 전의 일이오. 집 근처 공터로 산책하러 갔다가 알 수 없는 강한 빛이 쏟아졌고 나는 정신을 잃었소. 그리고 정신을 깨어보니, 외계인의 행성이 도착해 있었소. 그들이 왜 나를 선택했는지 알 수 없었지만 나는 외계인들의 환대를 받았소. 그들은 나를 외계 어학원에 등록시켰고, 초급부터 고급과정까지 모두 수료할 수 있게 지원해줬소. 새벽 6시부터 일어나 외계어를 공부했소. 2달 정도 지나니 간단한 단어를 말할 수 있게 되었고, 1년이 지나자 외계인과 의사소통이 가능해졌소. 내친김에 외계어 인증 시험 2급에 응시해 당당히 합격도 했소. 언어를 마스터하니 그들의 문화가 궁금해지더이다. 어느 날, 외계인 친구 쏧땷빫땿이 제게 책 한 권을 건네줬소. 이것이 지금 여러분들의 눈앞에 있는 '피넛 버터와 오후의 코끼리'라는 책이오. 전 이 책을 읽고 지구에서는 느낄 수 없었던 묘한 감동을 느꼈소. 이 책은 외계인들의 사랑과 희망, 우주 정복에 대한 회의감과 갈등, 그리고 이들의 문명과 역사가 서정적이고도 세련된 문체로 쓰인 외계 문학의 정수였소. 알고 보니 안드로메다 우주 문학상까지 수상한 작품이었지. 난 이 책을 번역하는

데 18년이란 세월을 보냈소."

"번역하는데 어느 부분이 가장 어려우셨나요?"

기자단이 물었다.

"외계 언어이다 보니 지구에 존재하지 않는 개념들이 많다는 게 어려웠소. 외계 언어에 상응하는 마땅한 지구어가 없다는 것이 문제였지. 최대한 의미를 풀어 번역하다 보니, 책이 주는 감동을 온전히 전달하지 못했소. 외계어의 아름다운 표현을 이 책에 다 싣지 못했지. 이것이 한스럽소. 훗날 더 많은 외계 문학이 소개되어 그 개념들이 정착된다면 번역 개정판을 고려하고 있소."

김철구가 답했다.

"최초의 외계 문학서가 만국 공용어인 영어가 아닌 한국어로 번역된 데는 특별한 뜻이 있었을까요?"

기자단이 물었다.

"나도 이점이 궁금했소. 그 많은 지구인 중에 하필이면 왜 나였는가? 왜 한국인인 나를 선택했는가? 나는 외계 언어를 배우고 소통이 가능해지자 외계인들에게 물었소."

"그들은 이렇게 답했지."

"단지, 거기 네가 있었을 뿐."

브라운 대작전

"명탐정 김도난 님, 최근에 발생한 해시 브라운 공격 사건에 관한 기사는 읽어 보셨죠?"

'후-'

요원 박상구는 한숨을 쉬며 말했다.

"사실 그 사건은 극히 일부에 불과합니다. 대대적인 해시 브라운들의 공격이 이미 시작되었어요. 사람과 동물, 식물들까지 무차별적으로 공격하고 있습니다. 이미 13명의 민간인 사상자가 발생했고, 고양이 한 마리가 처참하게 당했죠. 저희는 전담 수사본부를 꾸리고 해시 브라운들을 추적했습니다. 그리고 2달간의 잠복 수사 끝에 해시 브라운 한 마리를 생포하는 데 성공했습니다."

"그런데, 심문하던 저희 요원 2명이 당했습니다. 이게 다 해시 브라운의 계략이었던 거죠. 해시 브라운은 불과 30분 만에 정보국 무력화시키고, 빠져나갔습니다. 도무지 손쓸 겨를도 없이 당해버린 거죠."

"그래서 나를 불렀군. 경솔했어. 처음부터 내가 개입했다면 이야기는 달라졌겠지."

김도난이 말했다.

"네, 면목 없습니다. 이 사건을 부탁드립니다. 호출만 하시면 바로 달려올 전술팀을 이미 편성해 놓았습니다. 즐겨 사용하시던 4인치 콜트 파이슨 리볼버와 지난 대테러 작전 때 사용하셨던 장비들을 모두 준비했습니다."

박상구가 말했다.

"필요하면 찾으러 오겠네, 요즘 누가 그렇게 무거운 걸 들고 다니나? 과학수사 시대 아닌가? 허허."

김도난이 말했다.

"녀석들이 활동하는 시간은 새벽 4시부터 오전 10시 반까지. 활동 영역은 서울과 경기 지역. 주로 아침 식사를 하러 나온 사람들이나 산책하고 있는 동물들을 급습한다. 녀석들이 튀김옷을 입고 있다 하더라도, 본질은 감자. 즉, 튀김옷을 입은 전분 덩어리라는 거지. 전분은 물에 약하다. 찬물을 끼얹으면 녀석들은 손을 못 쓴다. 이번 작전 코드는 '브라운'이라 명하겠네."

"역시, 소문대로 명탐정이십니다. 아무쪼록 잘 부탁드립니다."

박상구가 말했다.

이틀 후, 김도난은 해시 브라운 10마리를 생포하는 데 성공했다.

"휴, 이놈들이 최후까지 발악했어. 쉽지 않았네. 녀석들이 힘을 쓰지 못하게 튀김옷을 바로 벗겨내게, 그리고 냉동시켜버리면 다시는 힘을 쓰지 못할 거야."

김도난이 말했다.

"감사합니다. 명탐정 김도난 님, 이제 다시 평화가 찾아왔군요."

박상구가 말했다.

"아니, 이 녀석들은 뜨내기에 불과했어. 이들의 본거지가 따로 있었다."

김도난은 비장한 표정을 지으며 말했다.

"아니, 이 괴물 같은 녀석들이 더 존재한단 말인가요?"

박상구가 말했다.

"내일 아침, 맥도날드를 급습한다."

김도난이 말했다.

오타쿠

"사시는 곳이 어디에요?"

그녀가 물었다.

"사실 난, 몬테네그로 아칸타 왕국에서 왔소. 알칸타는 중세 예술의 황금기에 상업 요충지로 유럽의 중요한 허브 역할을 해왔소. 선대들은 대대로 발칸 반도를 다스려온 카이브 족들이었지. 우리 가문은 대대로 수백 년간 공존해온 문화와 종교의 비밀을 지키기 위해 결사된 크롬베 나이트였소."

그가 말했다.

"뭐라고요?"

그녀가 당황해하며 물었다.

"사실 거짓말이오. 동작구 흑석동에 살고 있소."

"아 네, 그럼 지금은 어떤 일 하고 계세요?"

그녀가 물었다.

"지금은 전설의 드래곤을 쫓으러 다니는 용사요. 마클레네 문파에 소속되어 있소. 이전에는 라쓰코다 소속의 용병이었지. 현상금이 걸린 드래곤을 잡아 돈을 벌고, 좀 더 여유가 있으면 고블린이나 슬라임 따위를 잡으러 다니오."

"네?"

그녀가 그를 쳐다보며 말했다.

"사실 거짓말이오. 대한상회 점원으로 근무하고 있소."

"아 네, 그럼 학교에서는 무슨 전공을 하셨어요?"

그녀가 물었다.

"크리스틴 대성당 병설 칼리우스 마법 학교에서 천문학과 마법학을 전공했소. 이후 볼라냐 대학원에서 응용 마법과 분자학을 전공했소. 카렌다 오딧세이의 오클라 대마도사가 내 스승이오."

"그것도 거짓말이죠?"

그녀가 말했다.

"거짓말이오. 국문학과를 나왔고, 경영을 복수 전공했소."

그가 말했다.

"그럼, 취미가 어떻게 되세요? 드래곤이나 몬스터 잡으러 다니는 거 말고요."

그녀가 말했다.

"일본 미소녀 만화 감상과 미소녀 피규어 수집을 좋아하고, 그중에서도 '미소녀 전사 핑크'의 광팬이오. 내가 가장 좋아하는 캐릭터는 내 사랑 미도리짱이고 최근에 한정판 메이드 코스튬도 구매했소. 미소녀 전사 핑크에서 가장 좋아하는 대사는 주인공 미카짱의 '아잉, 와타시와 카와이데스'이고 가장 아끼는 애장품은 1:1 사이즈의 오코짱 피규어와 미도리짱 성우의 사인이 담긴 미소녀 전사 핑크 극장판 CD요."

"이것도 거짓말인가요?"

그녀가 말했다.

"아니, 이건 사실이오."

그가 대답했다.

고양이를 탄 달팽이

굶주린 고양이는 풀밭을 헤매다 작은 달팽이를 발견했다.

"옳지, 이 녀석이라도 잡아먹어 요기라도 해야겠다."

고양이는 달팽이를 덥석 물었다.

"잠시만요. 제가 더 맛있는 음식이 있는 곳을 알려드릴 테니 살려주세요."

달팽이가 말했다.

"그래? 만일 거짓말이라면 껍질째 씹어버릴 테다. 당장 그곳으로 날 안내하거라."

고양이가 달팽이를 등에 태우며 말했다.

"거짓말이 아닙니다. 제가 정말 맛있게 생긴 꽁치를 봤습니다. 고양이님은 생선을 좋아하지 않으십니까? 맞은편 버스정류장에서 45번 버스를 타고 세 정거장을 가서 중화 여고 앞에서 내리세요."

달팽이가 말했다.

"그래? 길을 건너야 하니 떨어지지 않게 털이나 꽉 붙잡고 있어."

고양이가 말했다.

고양이가 길을 중간쯤 건넜을 때 달팽이가 말했다.

"잠시만요. 달팽이의 기억력은 10분밖에 되지 않는답니다. 물론 금붕어나 자라보다는 기억력이 좋지만 종종 불편한 일이 생기거든요. 10분이 지나기 전에 저에게 무엇을 하러 가는 것인지, 목적지가 어디인지 재차 물어 주세요. 그러면 잊어버리지 않을 겁니다."

"그럼, 넌 어떻게 꽁치가 있는 곳을 기억하고 있지?"

고양이가 의심스러운 눈길을 보내며 말했다.

"저는 잊어버리지 않게 항상 기록을 해두지요. 제 달팽이 집에는 꽁치가 있는 장소가 상세히 적힌 일기장이 있습니다. 걱정하지 마세요."

고양이와 달팽이는 무사히 중화 여고에 도착했다.

"자, 이제 어디로 가면 되지? 참고로 우리는 지금 꽁치를 찾아 중화 여고에 왔어."

"이제 골목을 지나 왼쪽으로 가면 창고가 보입니다."

달팽이가 말했다.

고양이는 달팽이의 말대로 창고에 들어갔으나, 창고는 텅 비어있었다.

"뭐야! 아무것도 없잖아? 설마 날 속인 거야? 참고로 우리는 꽁치를 찾으러 중화 여고에 왔다가 골목을 지나 창고로 들어왔어."

고양이가 말했다.

"아닙니다. 고양이님, 제 일기장에 따르면 분명 이곳에 꽁치가 있었습니다. 다시 한번 확인하고 오겠습니다."

달팽이는 달팽이 집에 들어가 한참 있더니, 불쑥 고개를 내밀며 말했다.

"죄송합니다. 요즘 통 기억이 안 나서. 여기서 5번 마을버스를 타고 도깨비 시장에 내려서 100m만 걸으면 바로 꽁치가 보일 겁니다."

달팽이가 말했다.

고양이는 달팽이의 말대로 마을버스를 타고 도깨비 시장에 내렸다.

"자, 이제 어디로 가면 되지?"

고양이가 물었다.

"잠시만요. 제가 더 맛있는 음식이 있는 곳을 알려드릴 테니 살려주세요."

달팽이가 말했다.

석판

전화기가 그렇고, 스테레오 오디오가 그렇고, 컴퓨터와 TV가 그렇다. 이전에 존재하지 않았지만 우리는 불편함이 없었다. 원래 존재하지 않았기에 불편함 또한 없는 것이다. 하지만 이들의 존재를 인지하는 순간 우리의 삶은 불편함으로 둘러싸이게 된다. 그리고 서서히 의존적으로 변화되고, 결국 이들 없이 살아갈 수 없게 되는 것이다.

그들의 존재가 그랬다. 어느 순간 나타나 우리의 삶에 깊게 침투하더니, 이제 그들 없는 삶을 생각할 수 없게 됐다. 그들은 왜소했지만, 강인했고, 느리지만, 현명했다. 그들은 우리와 함께 숨 쉬며 살아갔고, 그들의 지혜를 나눠줬으며, 문화를 공유했다. 하지만 그렇게 한 세대가 지나고 그들은 사라져 버렸다. 원래 존재하지 않았던 것처럼 증발해 버리듯 그렇게 사라진 것이다. 그들이 남긴 한 뼘 크기의 석판만이 그들이 존재했다는 것을 증명하고 있었다.

그들이 사라지자 인류는 당황했다. 그들의 부재는 발전의 부재를 의미했다. 그들이 사라지자 그들에 의해 이뤄낸 기술적이고 사회 구조적인 많은 문명의 이기들의 발전이 멈춰버렸다. 인류는 그들이 남긴 석판에서 작은 단서라도 발견하기 위해 고군분투했다.

석판에는 무엇인가 새겨져 있었다. 많은 학자들이 달려들었지만, 의미를 해석할 수 있는 사람은 나타나지 않았다. 그것은 그림 같기도 하고 문자 같기도 했다. 유일하게 우리가 알 수 있었던 것은 석판에 새겨진 550이라는 숫자였다. 50년간 우리가 알아낸 것은 아라비아 숫자만이 우주에 통용되는 공용어라는 것이었다.

그렇게 시간은 흘러갔고, 석판 연구는 진척을 보이지 않았다. 연구소에는 석판 해석을 중단하고 이를 외계 박물관에 전시하라는 공문이 내려왔다. 연구 예산은 더 이상 지원되지 않았고, 프로젝트팀의 공식 해체도 선언됐다. 그때였다. 외계 언어를 번역했다는 사내가 뉴스에 등장했다. 바로 서울 동작구에 사는 김철구였다.

그는 자신을 외계 언어 전문 번역가라 말했고, 자신이 번역한 외계 문학에 관해 설명하고 있었다. 우리는 외계 문화진흥청에 긴급 공문을 보냈고, 그를 만나기 위해 황급히 한국으로 날아갔다. 우리는 한국 정부에 사안의 중요성에 관해 설명했고, 이를 인지한 한국 정부는 해외 언론들을 제치고, 김철구와 단독 인터뷰 시간을 확보해 주었다.

"미스터 킴철구, 외계 석판의 존재에 대해 알고 있나요?"

내가 말했다.

"석판이요? 외계에서 석판에 무언가를 새겼다는 것은 보통 일이 아니라는 건데…."

김철구는 심각한 표정을 지으며 말했다. 그는 석판을 이리저리 살펴봤다.

"외계에서 석판은 정보의 영구 기록 목적도 있고, 굉장히 중요한 정보를 담았다는 상징적인 매체로 사용되는 것이오. 아마 이 석판에는 인류 전체에게 보내는 어떤 중요한 메시지가 들어 있을 것이오. 아쉽지만 여기 적힌 말들은 나도 일단 연구를 해봐야 하오. 이 언어는 칸타쿰타 행성의 방언이오. 아주 중요한 정보를 기록할 때 보안을 위해 사용하는 언어지."

강철구가 말했다.

"그럼, 해석하는데, 얼마나 걸리겠습니까?"

"비록 칸타쿰타 방언이라도, 나는 표준 외계어 2급 보유자. 한 달이면 충분할 거요. 허허허."

김철구는 여유를 부리며 말했다. 우리는 뭔가 의심쩍었지만, 현재로서는 김철구밖에는 대안이 없었다.

"인류의 운명이 당신의 손에 달려 있을 수도 있습니다. 한 달 후에 다시 방문하겠습니다. 아무쪼록 잘 부탁합니다."

우리는 그에게 해석을 부탁하고, 그렇게 발길을 돌렸다.

한 달이 못 되어 한국 정부의 연락을 받았다. 김철구가 석판의 의미를 해석했으며, 이를 전 세계 생방송으로 공포하겠다는 것이다. 우리는 급히 TV를 틀었다. 옅은 감색 슈트를 입은 김철구가 카메라 앞에 섰다.

"외계인이 인류에게 보내는 메시지입니다."

김철구는 손으로 입을 막고 헛기침을 한 뒤 넥타이를 가다듬으며 말했다. TV 화면 넘어로 긴장한 그의 표정이 역력히 드러났다. 우리는 그의 입을 주시했다.

"라면을 끓일 때 가장 맛있는 물의 양은 550㎖다."

강철구가 말했다.

회춘

대부분은 이 사실을 모르고 삶을 살아가며 생을 마감한다. 마치 1960년대 사람들이 마릴린 먼로의 금발이 염색된 머리임을 모르고 살았던 것처럼. 그러나 극히 일부는 이 사실을 알고 있다. 그것은 바로 영원한 회춘이 가능하다는 사실이다. 조건은 아주 단순하다.

'태어나서 25세까지 당근을 먹지 않으면 사람은 누구나 영원한 20대의 외모로 삶을 살게 된다.'

"아니 당최 너는 나이를 먹지 않는군. 이전 그대로야."

"어떤 화장품 쓰세요? 피부가 정말 좋으세요."

"너는 진짜 동안이다. 무슨 관리라도 하는 거야?"

나를 만난 사람들의 반응은 모두 동일했다. 나이보다 어려 보이는 내 외모를 부러워했고 비결을 알고 싶어 했다. 내가 특별한 관리를 하지 않았다고 하면 다들 믿지 않았다.

나 또한 서른이 훨씬 넘어서야 내가 더 이상 늙지 않는다는 사실을 알게 됐다. 건강 검진 결과 신체나이가 10년간 25세에 머물러 있었던 것이다. 나는 어려 보이는 외모 덕분에 TV와 라디오에 출연해 유명해졌다. 기업들은 앞다투어 나를 화장품 광고 모델로 기용했고, 마음만 먹으면 젊은 여자 친구를 얼마든지 만날 수 있었다. 나는 젊음을 실컷 탕진

할 넉넉한 재산과 충분한 시간이 있었고, 내 주변은 모여드는 사람들로 항상 북적였다.

하지만 이런 즐거움도 잠시였다. 50대가 되고 60대가 되자 소중했던 사람들은 늙고, 병들어 떠났다. 내 곁에는 더 이상 친구라 부를 만한 사람이 남아 있지 않았다. 난 그들에게 노인도 아니었고, 청년은 더욱이 아니었다. 흘러가는 시간 속에 그저 홀로 멈춰있는 박제된 여우에 불과했다. 안타까운 것은 내가 세상에 남겨진 유일한 존재가 됐을 때 그 사실을 깨달았다는 것이다.

나는 저녁 식사로 당근 10개를 준비했다. 잎과 잔뿌리가 그대로 달린 신선한 당근이었다. 나는 당근을 씻고 먹기 좋게 썰어서 그릇에 담았다. 모든 것이 당근에서 시작된 것이라면 그 끝의 해답도 당근에 있으리라 생각했다. 나는 당근 한 조각을 들어 우걱우걱 씹었다. 내 인생처럼 씁쓸한 맛이 났다. 손에 힘이 빠졌다. 나는 당근을 모조리 먹어치웠고, 깊은 잠에 빠졌다.

다음날, 나는 커튼 사이로 비치는 밝고 따스한 햇살에 눈을 떴다. 죽지 않고 살아있다. 오히려 더 기운이 났다. 얼굴에는 생기가 돌고 더 젊어진 느낌이었다. 나는 병원에 찾아

갔다. 38년 만의 일이었다. 그리고 의사에게 당근을 먹고 일어난 몸의 변화에 대해 말했다.

의사는 말했다.

"당근은 비타민A와 항산화 성분이 풍부해서 피부는 생기 있게 되고 주름이 감소하며 더욱 젊어지지요. 허허허."

탐험대장 박두식

탐험대장 박두식. 그는 전문적인 보물 사냥꾼이다. 박두식은 정보만 입수하면 어디든 찾아가 반드시 보물을 가지고 돌아왔다. 지도를 구하고 정확한 지점에 가서 보물을 찾은 후 약속된 기한 내 물건을 가지고 왔다. 그는 젊은 날 입수한 보물들로 막대한 부를 축적했고, 이를 기반으로 전문 트레저 헌터 기업 '금화 한 닢'을 설립했다. 금화 한 닢이라도 고객이 찾으면 가져다준다는 모토로 세워진 이 기업은 정확한 납기 준수와 확실한 결과물로 고객의 신뢰를 쌓을 수 있었고, 이를 통해 대표 김두식은 업계의 살아있는 전설로 추앙받게 됐다.

어느 날, 한 노신사가 김두식을 찾아 왔다.

"안녕하시오, 박두식 대장. 명일 그룹 회장, 최복례라 하오. 당신의 인생을 바꿀 엄청난 제안을 하러 왔소. 이번 일이 잘 성사된다면 당신과 나는 돈방석에 앉게 될 것이오. 영원한 돈방석에."

그가 말했다.

"무슨 대단한 보물이라도 숨겨져 있나 보죠?"

박두식이 말했다.

노신사는 품속에서 접힌 지도 한 장을 펼쳐 책상 위에 놓았다. 지도의 X 마크는 얼핏 봐도 보물이 숨겨진 장소 같았다.

"어떤 물건이오?"

박두식이 말했다.

"이건 보통 물건이 아니오. 이 물건이 세상에 드러나는 순간, 세상은 발칵 뒤집힐 것이오. 우리는 지금 세상에서 가장 위대한 탐험을 떠나는 갈림길에 있소. 이것을 얻기 위해 히틀러는 세계를 공포와 죽음으로 몰아넣었고, 네로 황제와 진시황은 수천 명을 희생시켰지."

"설마, 이것은?"

박두식이 말했다.

"그렇소, 불로초요. 불로초는 전설이 아니오. 숨겨있지만 실존하는 약초요. 바람은 눈에 보이지 않지만 나뭇잎의 흔들림이 그 존재를 알려 주듯이, 여기 있는 지도가 불로초의 존재를 알려주는 것이오."

"그렇다면, 이 지도는 어디서 난 겁니까?"

김두식이 말했다.

"우리 직원 중 한 명이 발견했소. 우리 기업은 겉보기에는 평범한 무역 상사처럼 보이지만, 사실 불로초를 찾기 위해 세워진 회사오. 이를 위한 23개의 전담팀이 있지. 그중 탐색

2팀에서 단서를 찾았소. 몬테네그로, 코토르에 있는 한 고성당의 벽화에 불로초의 단서가 있었지. 우리는 가서 벽화를 뜯어내 1년간 분석했고, 그 결과 이 지도를 수중에 넣게 되었소. 불과 한 달 전의 일이오."

최복례가 말했다.

"이 지도에 따르면 불로초는 히말라야 중에서도 가장 등반이 힘들다는 낭가파르바트의 4500m 절벽 끝에 있군요. 지형적으로 봤을 때 일반 장비로는 접근이 힘들지요. 자칫하면 목숨을 잃거나 아니면, 물건을 잃게 되겠죠. 당신이 나를 찾아온 이유를 알겠어요. 후후, 어렵긴 하겠지만, 전 탐험대장 박두식, 실패를 모르는 남자입니다. 오히려 불가능한 상황을 즐기죠. 그럼 계약서에 사인하시고, 계약금은…."

박두식의 말을 끊고 최복례가 말했다.

"계약금은 현금 8억과 불로초의 절반이오. 8억은 인건비와 출장비, 장비구매비가 포함된 금액이오. 그리고 불로초의 절반. 그렇다면 당신은 죽지 않고 영원한 젊음을 얻게 될 것이고, 일부는 팔아 막대한 이윤을 남길 수 있을 거요. 이 정도면 충분할 거 같은데?"

"하하하, 좋습니다. 계획을 짜고 팀을 꾸리려면 시간이 조금 필요한데 음, 아마 3주 정도면 충분할 거예요. 물건을 찾게 되면 곧 연락을 드리지요."

탐험 대장 박두식은 아틀란티스 프로젝트, 폼페이 프로젝트를 성공시킨 최고의 정예 대원 3명을 신중히 탐험 대원으로 선발했다. 지형전문가 최태순, 약초감별사 김진국, 그리고 천재 해커 스티븐이었다. 이들은 2주간 함께 숙박하며 불로초 프로젝트를 위한 전략과 계획을 세웠다. 이를 위해 장비도 최신형으로 모두 교체했다. 모든 준비가 완벽했다. 박두식은 대원들과 조촐히 저녁 만찬을 즐긴 후 히말라야로 출발했다.

4월 8일 18:20, 히말라야 산맥.

이들은 지금 눈보라가 휘날리는 낭가파르바트 절벽 4500m 지점에 매달려 있다.

"예상보다 악천후라 앞이 잘 보이지 않습니다. 대장님, 일단 철수해야 할 것 같습니다."

대원 최태순이 말했다.

"철수는 철수한테나 말해라. 내 사전에 철수는 없다. 영희면 몰라도. 하하하."

어떤 상황에서도 항상 유머를 잃지 않는 박두식이었다.

"대장님, 저기! 2m 앞에 불로초가 있습니다."

약초감별사 김진국이 소리쳤다.

"그래, 다들 대기. 내가 간다!"

박두식이 외쳤다.

박두식은 절벽에 바짝 붙어 온 힘들 다해 손을 뻗었다. 불로초가 손에 잡혔다.

"하하하, 성공이다! 불로초를….."

박두식은 떨어지고 있었다. 발을 헛디뎠다. 오른손에는 불로초가 쥐어 있었다. 위에서 자신의 이름을 외치는 대원들이 목소리가 들렸다.

떨어지는 수 초간 박두식은 본능적으로 불로초를 입에 넣어 씹어 먹었다.

"하하하, 이것으로 됐다."

박두식은 떨어졌다. 그리고 다음 날 싸늘한 시체로 발견되었다.

최복례 회장이 대원들을 찾아와 말했다.

"거, 미안하게 됐구먼…. 불로초는 늙지 않게 하는 풀이지, 죽지 않게 하는 풀은 아니라네."

다이어트

그녀는 초콜릿 쿠키 5개, 브라우니, 에그 타르트, 티라미수, 각 한 조각, 그리고 스트로베리 젤라토를 들고 왔다. 그리고 한입씩 맛보며 세상을 다 가진 것 같은 표정을 지었다. 누가 봐도 본질에 가까운 순수한 행복감이 그녀의 얼굴에 드러났다.

"근데, 다이어트한다고 하지 않았어?"

내가 물었다.

"응, 괜찮아. 내일이 있잖아. 내일에 또 다른 기회가 있고, 지금은 지금 처한 상황에 충실하면 돼. 그럼 행복해지거든. '카르페 디엠' 몰라? 호라티우스도 현재 이 순간에 충실하라고 했거든."

그녀는 젤라토를 먹으며 말했다.

그녀는 다음날 초콜릿 무스, 핫 수플레, 마카롱, 마들렌, 망고 푸딩을 들고 왔다. 천천히 테이블에 세팅하고 디저트 스푼으로 초콜릿 무스와 푸딩을 번갈아 가며 퍼먹었다.

"어제 다이어트한다고 하지 않았어?"

내가 물었다.

"에머슨이 이렇게 말했어. '인생이란 마음에 그리는 미래로 사는 것이 아니다.' 현재를 삶으로써 미래의 삶을 살 수 있다고. 즉, 지금 이 순간에 충실해야 내일 다이어트를 할 수 있단 말이지."

그녀가 말했다.

다음날, 그녀가 이번에 가지고 온 것은 디저트가 아니었다. 그녀의 손에 들려있는 건 맥도날드 햄버거 세트와 페퍼로니 피자 한 판, 볼로냐 스파게티, 그리고 프라이드 치킨 5조각, 그리고 1.5리터짜리 콜라였다.

"다이어트는?"

내가 물었다.

"사람은 현재 속에 있다. 누구도 내일이 무엇을 가져다줄지 알지 못한다. 알 수 있는 진실이란 그저 오늘뿐이라는 것이다."

그녀가 말했다.

"스트라빈스키의 말이야. 한 치 앞을 내다보지 못하는 불확실한 시대에 확실한 것은 지금, 이 순간뿐이라는 거지. 내가 지금 할 수 있는 것은 현재의 삶을 충실히 살아가는 것이고, 그러기 위해 이 모든 것을 먹어야 하는 거야. 이게 다 행복을 위해서지. 내일 다이어트를 하는 것보다 더 중요한 것은 내 눈앞에 펼쳐져 있는 현실이라는 거지."

"그럼 내일도 다이어트는 안 할 생각인 거지?"

내가 물었다.

"그건 또 아니지. 파스칼은 이렇게 말했어. 현재는 결코 목적이 될 수 없다고. 단지 과거와 현재의 수단이며 미래에 삶의 목적이 있다고. 그런 의미로 보면, 내일은 다이어트를 할 생각이야."

그녀가 말했다.

그녀는 다음날, 탕수육, 짜장면, 아귀찜, 순대 볶음과 김밥을 가져왔다.

사라진 양말

또다시 양말 한 짝이 사라졌다. 스티븐 호킹은 '세탁기에는 자연 생성된 블랙홀이 있다. 그리고 이 이것이 양말을 빨아들인다.'라고 했다. 하지만 이것은 사실이 아니다. 쉐론의 난쟁이 짓이다. 이것은 과학적으로 증명된 사실이다. 시카고 대학 연구팀은 이 양말 미스터리를 증명하기 위해 수년을 허비했고, 결국 이것은 쉐론의 난쟁이 짓임을 아래처럼 밝혀냈다.

1. 사라진 양말의 70%는 흰색 양말이다.

2. 쉐론의 난쟁이는 흰색 양말을 좋아한다.

3. 쉐론의 난쟁이가 양말을 훔쳐 간다.

TV에 나온 시카고 대학 연구팀의 케롤 스티븐 박사는 "세탁기가 돌고 있을 때는 세탁기 문을 걸어 잠그시오."라고 말했다. 이 간단한 조치를 통해 양말이 사라지는 것을 90% 막을 수 있다는 것이다. 그리고 이들은 양말 미스터리라는 난제를 해결한 공로로 노벨 평화상을 받았다. 실제로 빨래가 돌고 있을 때 세탁기 통에서 쉐론의 난쟁이가 세탁물과 함께 돌고 있는 상황을 자주 목격되었고, 사람들은 세탁기 문을 걸어 잠금으로 양말의 실종은 예방할 수 있었다.

토요일 아침이었다. 열어 놓은 창 사이로 불어오는 선선한 바람, 블라인드 사이로 비치는 따스한 햇볕, 에어컨을 켜 놓은 듯한 알맞은 습도, 요컨대 빨래를 위한 모든 요소들이 한데 어우러진 그런 완벽한 토요일 아침이었다. 나는 세탁기에 최근에 구입한 견고한 잠금장치를 설치했다. 그리고 옷감과 양말을 넣고 세탁기를 돌렸다. 세탁기는 마치 8기통 머슬 엔진을 단 스포츠카와 같은 굉음을 내며 돌기 시작했다. 기분 탓인지, 잠금장치를 달아서인지, 오늘따라 세탁기 통은 브레이크가 고장 나 폭주하는 기관차처럼 빠르게 돌기 시작했다.

나는 커피를 끓이고, 안톤 체호프의 문고판 단편집을 읽으며 빨래를 기다렸다. 단순하고 일상적인 문체로 삶의 일부를 담담하게 써 내려간 체호프의 단편들은 삶의 일부인 빨래를 돌릴 때 가장 몰입할 수 있는 책이다. 빨래가 돌고 있는 동안 다른 책들도 읽어 봤지만, 역시 체호프의 단편만 한 것이 없었다.

틱틱-

갑자기 귀를 거슬리는 작고 묘한 소리가 들려왔다. 세탁기에서 나는 소리 같았다. 나는 책을 덮고 세탁기로 향했다. 그리고 곧 놀라운 광경을 목격했다. 흰색 양말을 머리에 뒤집어쓴 파란색 피부의 작은 생명체들이 옹기종기 모여서 세탁기 문을 두드리고 있었던 것이다. 난 직감적으로 이들이 쉐론의 난쟁이라는 것을 것을 알 수 있었다. 무려 5마리의 난쟁이들이 세탁기 주변을 서성거리고 있었다. 그들은 열리지 않는 세탁기를 보고 당황했는지, 내가 가까이 다가와도 눈치채지 못한 모양이었다. 나는 그들에게 말했다.

"미안하지만 그 문은 열리지 않을 거야. 잠금장치가 되어 있거든."

아마 중학교 때였을 것이다. 학교 운동장에 있는 플라타너스를 바라보고 있는데, 갑자기 매미 한 마리가 떨어졌다. 나는 매미를 유심히 오랫동안 쳐다봤다. 얼마의 시간이 지나자, 죽은 줄 알았던 매미는 다리를 꿈틀거리더니 이내 날개를 활짝 펴고 어디론가 사라져 버렸다. 나는 이때 처음 메타인지를 자각했고, 얼마 가지 않아 메타인지를 자유자재 사용할 수 있게 되었다. 나는 메타인지를 사용해 잘나가는 친구들과 어울렸고, 매력적인 여핵생과 교제도 했으며, 성적을 올리기도 했다. 나는 학교 졸업 후에도 꾸준히 메타인지를 사용했고, 성공했다. 음악을 좋아했던 나는 메타인지를 사용해 작곡했고, 메이저 레코드사와 계약해 여러 장의 히트 앨범을 냈다. 작곡한 곡들은 이변 없이 차트 1위에 이름을 올렸고, 방송에 출연하면서 사회적인 인지도도 높아졌다. 유명해지니 주변에 근사한 여성들도 모여들었다. 더는 부러울 게 없는 인생이었다. 나는 성공하기 위해 메타인지를 사용했고, 메타인지는 나를 성공으로 이끌었다.

하지만 성공의 정점에 섰을 때, 나는 메타인지 사용을 중단해야 했다. 메타인지의 부작용 때문이었다. 메타인지를 사용할 경우 머리털이 빠졌다. 어느 날 정수리에서 머리털이 한 뭉치 빠지더니, 이날을 기점으로 걷잡을 수 없이 이마선이 후퇴해 버렸다. 머리카락은 마치 한국전쟁 흥남 철수작전 시 미 육군이 철수하던 속도로 수두룩 빠져버렸고, 내 머리는 추수를 끝마친 빈 논바닥처럼 바닥을 드러내고 있었다.

나는 의사를 찾아갔다. 그는 돌이킬 수 없다고 했다. 호르몬 영향에 따른 희귀성 두피 질환으로 모발 이식과 탈모약 사용은 불가능하다고 했다. 이미 탈모의 루비콘강을 건너버린 것이다.

그가 말했다. 대머리는 대머리인 체로 평생을 살아가야 하는 것이라고. 그는 힘들겠지만, 자신을 인정하고 삶을 살아가야 한다고 진지하게 조언했다.

나는 선택을 해야 했다. 남아 있는 몇 가닥의 머리숱을 최대한 붙들어 보존하거나, 과감하게 머리를 밀어버리는 선택 말이다. 나는 과감히 후자를 택했다. 그날 나는 삭발을 했고, 대머리의 길을 걷게 됐다. 머리카락이 없어지자 메타인지도 사라졌다. 모든 것이 꿈만 같았다. 나는 메타인지를 잃고 평범한 대머리로 살아갔다. 편의점에서 알바를 하고, 식당에서 서빙을 했다. 세상에는 대머리가 살기에 녹록하지 않았다. 시간이 더 지나자 푸릇푸릇했던 잔머리마저 사라졌고, 이제는 면도도 필요 없는 완벽한 대머리가 되었다.

내가 일하고 있는 편의점에 한 노스님이 들어왔다. 그는 나를 힐끗힐끗 살펴보더니 아이스크림 두 개를 샀다. 그리고 나에게 하나를 건네며 말했다.

"음, 좋은 광이다. 자네 머리말이야."

"이 세계와 평행한 우주가 존재하네. 나와 똑같은 내가 다른 차원에도 존재한다는 거야. 여기서 하는 자신의 행동이 또 다른 차원에 영향을 줄 수 있네. 마찬가지로 평행한 세계에 존재하는 다른 나의 행동도 지금 세계의 내 삶에 영향을 주고 있지."

그가 말했다.

"예를 들면 평행 세계의 내가 제대로 된 식사를 하지 못하고 끼니를 거르게 되면, 그 영양 불균형의 상태가 지금의 나에게 영향을 끼치게 되지. 그럼 나는 알 수 없는 식욕을 느끼게 되고 파스타나 치킨 따위를 미친 듯이 먹게 되는 거야."

여기까지 말하고 그는 하겐다즈 그린티 아이스크림을 꺼내 먹었다. 아이스크림 한 통을 다 먹어치운 그는 딸기 크림 샌드위치를 먹으며 말했다.

"최근 평행 세계에 알 수 없는 일들이 벌어지고 있는 것 같아. 아마 세계적인 대공황이 불어 닥쳤거나 어떤 이유인지 모르지만, 경제적으로 어려운 일들이 발생해 버린 거지. 최근 2개월 동안 내 몸무게가 15㎏ 정도가 늘었는데, 이는 평행 세계의 내가 쫄쫄 굶고 있기 때문이지. 하지만 걱정하지 말게. 나는 이 세계에서 적정한 칼로리를 섭취 함으로써

저쪽 세계와 영양의 균형을 맞추고 있네.”

“하지만 지금은 체지방을 줄이셔야 해요. 지금 당뇨랑 고혈압이 있으셔서 위험해요.”

그녀가 말했다.

“이게 다 슈뢰딩거의 고양이 때문이네.”

그가 말했다.

“네? 고양이요?”

그녀가 말했다.

“그래, 서로 다른 차원을 연결해 주는 고양이지. 그때 내가 슈뢰딩거의 고양이에게 손 내밀기를 가르치지 말았어야 했는데…. 손 내밀기를 배워버린 고양이 덕분에 다차원 포털이 열려 버렸어. 그래서 내가 또 다른 나의 존재를 알게 된 거고.”

그가 말했다.

“매일 30분씩 운동하시고, 식사량을 조절하시면 돼요.”

그녀가 말했다.

“더 큰 문제는 또 다른 7개의 우주가 존재한다는 거야. 즉, 또 다른 내가 7명이 있다는 거지. 내가 체중을 줄인다는 게 그리 간단한 일이 아니야. 체중 1kg의 작은 변화가 우주적인 측면으로 보면 빅뱅 수준의 치명적인 영향을 가져올 수 있네. 우리 삶이 왜 복잡하고 어려운지 아나?"

그는 초콜릿 우유를 마시며 말했다.

"아니요."

그녀가 말했다.

"이게 다 평행 우주 때문이야."

그가 말했다.

서퍼스 하이

해가 서서히 바다에 걸려 모든 빛이 파도에 부서지고 사라지고 있는 저녁이었다. 바다의 표면이 눈뜨기가 힘들 정도로 강렬한 붉은색을 띠기 시작할 때 나는 서프보드에 올라탔다. 조류, 수온, 파도의 크기 등 모든 것이 서핑에 좋은 조건이 아니었다. 나는 서핑 슈트를 걸치고 바다에 뛰어들었다. 발목의 와이어는 끊어 버렸다. 그저 기다란 널빤지 하나에 온몸을 의지한 채 거대한 웨이브가 오기만을 기다리고 있었다. 짐승같이 거칠고 길들지 않은 파도에 의해 곧 잠식당하고 말 것이다. 나는 조용히 때를 기다리고 있었다. 이윽고, 수온이 떨어지자 그림자의 길이보다 더 큰 파도가 일기 시작했다. 해가 죽어 버린 바다의 파도는 제어할 수 없는 기관차처럼 폭주하고 있었고, 거친 숨결과 같은 하얀 거품은 보드 위로 쏟아지고 있었다. 나는 발목에 힘을 주고 정신을 집중했다. 조금이라도 정신이 흐트러지면 균형을 잃고 조류에 휩쓸릴 것이다. 이제 내가 파도를 잡을 시간이다. 파도가 내 머리 위로 솟아오르자 나는 무게 중심을 앞으로 실어 파도의 사면을 향해 미끄러져 내려갔다. 파도에 둘러싸여 있을 때 엄습해오던 거대한 공포는 이미 사라졌다. 그저 성난 파도를 길들이며 그 위를 뚫고 나아가는 것 뿐이다.

3년 전, K는 인터넷 서핑만 하던 내게 서핑을 권했다.

"7피트가 넘는 거대한 파도 속에 있으면 알 수 없는 쾌감을 느끼게 되는데, 이를 경험하면 도저히 서핑을 그만둘 수 없게 되지. '서퍼스 하이'랄까. 아드레날린 같은 것이 마구 분비돼서 반쯤 미쳐있는 상태가 되는 거야. 내가 처음 파도를 잡은 건 태풍이 지나간 직후 아직 화가 가라앉지 않은 파도 위에서였어. 이제 막 보드에 올라타기 시작한 시기라 아직 두려움이 있었던 때지. 그때 파도를 바라봤는데, 이상하게도 전혀 겁이 나지 않았어. 깨끗하고 맑은 파도의 면을 정면으로 바라볼 수 있었지. 난 두 발로 중심을 잡고 보드 위에 서 있었어. 그때 느낌이 뭐랄까, 자연을 정복한다는 느낌이 아니라 바다와 하나가 되어 그저 흘러간다는 느낌이었어. 그날 이후로 매일 바다로 나가 나만의 파도를 기다렸지."

우리는 하와이 오아후섬 놀스쇼어의 투명한 푸른빛 물결 위에 보드를 올리고 매일 서핑을 했다. 파도를 타다 힘들면 보드에 기대어 누어 바다만큼이나 푸른 하늘을 바라봤고, 비치보이스를 듣고, 파인애플 스무디를 마셨다.

"난 남아프리카로 떠날 거야. 거기서 서핑샵을 차릴 거야. 서퍼스 파라다이스라 불리는 케이프타운에서 서핑용품들을 팔고, 빌리 조엘의 음악을 들으며 틈틈이 서핑을 하는 거지. 케이프타운의 뮤젠버그에는 초보 서퍼들도 제법 모여들어 클래스를 열면 금전적 여유도 생길 거야."

K가 말했다. 그리고 그는 실제로 세이프타운으로 떠났다. 한 달 후 그는 야자수와 파란색 서프보드가 그려진 엽서 한 장을 보내왔다. 엽서에서 그는 미리 자리 잡고 있을 테니 정착하면 같이 서핑을 즐기자고 했다. 하지만 그것이 그의 마지막이었다. 그는 갑자기 실종되었고, 몇 주 후 해안 근처에서 사살된 백상아리 뱃속에서 뱃속에서 그의 목걸이가 발견되었다.

나는 지금 짙푸른 바다가 아닌, 옅은 남빛이 드리워진 붉은 바다 위에 서 있다. 서핑이라는 것이 그렇다. 한번 시작하면 도무지 멈출 수 없는 것이다. 우리는 그것을 '서퍼스 하이'라고 불렀다.

노을이 아름다운 한가로운 저녁이었다. 냉장고에서 크로 켓과 프렌치프라이를 꺼내 기름에 튀겼다. 시원한 맥주를 병째 마시며 잘 튀겨진 크로켓과 프렌치프라이를 먹었다. TV에서는 오래된 우디 앨런의 영화가 나오고 있었다. 초저 녁에 부담 없이 가볍게 보기 좋은 로맨스 영화였다. 영화가 끝나가고 해가 완전히 떨어질 무렵 갑자기 TV가 나오지 않 았다. 리모컨 버튼을 아무리 눌러도 전혀 반응이 없었다. 원 인을 알 수 없었다. 갑자기 전원이 나갔고, 다시는 들어오지 않았다. TV 뒷면을 살펴봤다. 안에서 작고 미세한 소리가 들렸다. 무엇인가 부딪치는 소리 같기도 하고, TV에서 나오 는 음성의 잔향 같기도 했다. 나는 귀를 TV에 대고 소리를 들었다. 그 안에는 정확히 감지할 수 없지만 확실한 무엇인 가가 들어 있었다.

나는 TV를 잡고 위아래로 흔들었다. 잠시 후 작은 물체가 툭 떨어졌다. 흰색 양말을 뒤집어쓴 쉐론의 난쟁이였다.

"TV엔 도대체 어떻게 들어간 거야?"

내가 말했다.

"아, 요즘 양말 찾기가 하늘의 별 따기보다 어려워서. 혹 시 TV 안에 뭔가 있을까 해서 들어갔지."

난쟁이가 말했다.

"그런데 쉐론의 난쟁이들은 왜 그렇게 양말 찾기에 집착하는 거지?"

내가 물었다.

"난쟁이들의 세계는 겉보기에 평화롭고 공평해 보여도 그 안에는 보이지 않는 체계라던가 시스템 같은 것이 있어. 그것이 이 세계를 지탱하고 있는 거지. 자세히 말해 줄 수 없지만, 양말이란 일종의 난쟁이를 상징하는 아이콘 같은 거야. 생각해봐. 양말을 쓰지 않은 쉐론의 난쟁이 따위는 존재하지 않는다고. 마치 휘핑크림이 빠진 아인슈패너가 존재하지 않는 것처럼. 그런데 양말 없는 난쟁이라니, 마치 쇠고기 패티가 빠진 햄버거가 되어버린 꼴이지. 봐봐, 내 양말은 너무 오래 써서 구멍이 생겼다고. 새로운 양말이 필요해. 너 혹시 양말 가진 거 있어?"

그가 말했다.

"지금 짝이 없는 양말이 하나 있긴 한데. 빨간색이야. 괜찮겠어?"

내가 말했다.

"빨간색이라! 우리가 최고로 치는 것이 바로 빨간색 양말이지. 빨간색 양말은 정말 귀하거든. 가시광선 중에서도 파장이 가장 긴 게 바로 빨간색이야. 그래서 볼셰비키 혁명 때도 붉은색 깃발이 사용된 거고, 프랑스 국기에도 붉은색이 들어가지. 우리는 이 색을 쉐론의 고귀한 피라고 불러. 빨간색 양말을 쓴다면 나는 이제 양말을 찾아 세탁기나 TV 따위를 뒤질 일은 없을걸."

그는 말을 마치자마자 내가 건넨 빨간색 양말을 머리에 뒤집어쓴 채 사라졌다.

미치니코프

"크하하, 이제 로봇 군대를 급파해 지구를 정복한다!"

미치니코프 박사가 외쳤다.

대전 엑스포과학공원 지하의 비밀기지. 미치니코프 박사는 이곳에서 지구정복을 위한 준비를 치밀히 진행하고 있었다. 그는 20년간 막대한 자금과 기술을 동원해 살인 로봇 '카이저 X-10'을 만들었다. 그 무엇보다 강력하고, 빠르며 겁을 모르는 인공지능 로봇 군사였다.

로봇 군대의 사령관 카이롭스가 박사에게 물었다.

"아니, 근데 박사님, 이런 놀라운 과학기술을 가지고 왜 지구정복 따위를 하려고 하십니까? 귀찮지 않으세요? 저야 월급쟁이라지만 이 정도면 기술력이면 평생을 편하게 놀고 먹을 수 있을 텐데요."

"이런 멍청한 녀석. 그러고도 사령관이라니. 나는 쓸데없이 존재하는 모든 국경을 허물어 공평한 사회를 만들 것이다. 지금 이 사회는 썩었어. 세계를 하나로 만들어 제대로 된 정의를 구현할 것이다!"

"…라는 것은 사실 거짓말이고, 어렸을 적 명작 만화 마징가 Z에 나오는 미친 과학자 '헬 박사'를 보고 나도 세계정복을 꿈꾸는 미치광이 과학자가 되겠다고 다짐했지. 그래서 주립대학 박사학위도 받았고…. 사회는 나름 잘 돌아가고 있다고 생각하네. 큰 불만은 없어."

미치니코프 박사가 말했다.

"존경합니다. 박사님. 정말 완벽한 미친놈 같아요."

사령관이 말했다.

"그럼 잔말 말고 공격을 개시한다."

미치니코프 박사와 카이롭스 사령관은 로봇 군사 100명을 거느리고 지상으로 올라왔다. 정확히 20년 만이었다. 카이롭스 사령관은 오랜만에 보는 햇빛에 눈이 부셔 앞을 보지 못하고 눈물을 흘리고 있었다.

"이런 나사 빠진 녀석. 질질 짜고 있다니. 어서 공격하라!"

미치니코프 박사가 소리쳤다.

"아아, 박사님 이미 이곳은 폐허가 되었습니다. 저희가 지하에 있는 동안 전쟁이라도 난 걸까요?"

정신을 차린 사령관이 당황해하며 말했다.

미치니코프 박사는 황급히 인터넷 뉴스를 찾아보기 시작했다.

"이런! 외계인들이다. 외계인들이 먼저 지구를 공격했어. 지구정복을 위해 안드로메다은하에서 온 외계인들이 지구를 공격했다. 인류가 전멸 당했어. 우리보다 선수를 치다니. 용서할 수 없다.”

푸앙-푸앙-

미치니코프 박사의 말이 끝나기 무섭게 하늘에서 푸른 광선이 쏟아졌다. 외계인의 공격이었다. 외계인의 항모는 미치니코프의 로봇 군사를 공격하고 있었다. 로봇 군사의 절반이 손도 써보지 못하고 그 자리에서 파괴되었다.

“사령관! 당장 저 비행접시를 날려 버리게!”

사령관은 미치니코프 박사의 야심 찬 비밀 병기 ‘원소 파동포’를 외계인 항모를 향해 발사했다.

‘펑’

원소 파동포는 정확히 항모의 중앙에 명중됐고, 항모는 그 자리에서 폭파됐다.

“크하하, 멍청한 외계인 놈들. 꼴좋다! 어디서 지구를 정복하려 해?”

미치니코프 박사는 이렇게 지구를 구했다.

나는 제법 근사한 분위기로 유명한 한 피자집에서 페퍼
로니 피자를 시켜놓고 기다리고 있었다. 주위를 둘러보다
맞은편 테이블에 앉아 있는 거대한 몸집의 남자와 눈을 마
주쳤다. 그는 내게 자신은 이미 한 시간 동안 8판의 피자를
먹어 치웠으며, 9번째 피자를 기다리는 중이라고 말했다.
내 피자가 그의 것보다 먼저 나왔다. 그는 내 피자를 보더니
이렇게 말했다.

"죄송하지만 제가 그 피자를 한 조각 맛을 봐도 되겠습니
까?"

"네." 나는 거의 무의식적으로 이 말에 입에서 튀어나왔
다. 그의 압도적인 풍채에서 나오는 에너지의 기운이라든
가, 그를 둘러싸고 있는 무거운 공기의 흐름 같은 것들이 무
언가를 거절할 수 있는 상태로 만들어 버린 것이다.

"감사합니다."

그는 내 앞자리로 자리를 옮기며 말했다. 그리고 접시에 놓
인 피자 한 조각 집어 들더니 자신의 이야기를 꺼내 놓았다.

"저는 사실 미래에서 온 시간 여행자입니다. 2130년이
되면 인류는 텔레포터를 이용해 시간 여행을 할 수 있게 됩
니다. 직업은 음식 평론가였습니다. 텔레포터를 사용해 세

계 각국을 돌아다니며 음식을 맛보고 칼럼을 작성하거나, 음식 관련 방송 프로그램에 출연하죠. 예를 들면, 점심에는 1870년대의 인도 뭄바이에 가서 탄두리 치킨을 먹고, 1650년도의 오스트리아 빈에 가서 아인 슈페너를 마시고, 1950년도의 파리로 이동해 마카롱을 맛보는 식이죠."

"그렇다면, 지금도 음식 평론을 위해 이곳에 오신 건가요?"

내가 물었다.

"아닙니다. 그런데 작은 사고가 있었죠. 저는 지금 이 세계에 갇혀버렸습니다. 몸도 비대해졌고요. 텔레포터는 대상을 분자 화하여 정확한 시간대와 위치로 전송시킵니다. 저는 취재차 19세기 독일 프랑크푸르트에 방문했습니다. 소시지 특집 방송을 위해서였죠. 절인 양배추와 같이 먹는 부어스트 소시지는 정말 맛이 좋아요. 저는 기분 좋게 취재를 끝내고, 제가 있는 시대로 돌아가기 위해 텔레포터를 작동시켰습니다. 그때였죠. 갑자기 텔레포터에서 연기가 나면서 폭발했습니다. 제가 정신을 잃고 쓰러졌죠. 그리고 일어나보니 몸은 비대해졌고, 지금 시대로 떨어지고 만 것입니다. 문제는 텔레포터에 들어간 작은 소시지 조각 때문이었어요.

다른 시간대에서 다시 분자로 결합하는 과정에서 소시지의 지방 분자와 제 몸의 세포가 합성되면서 몸이 비대화되어 버린 거예요. 그리고 질량 허용치를 초과해 버리자 텔레포터가 과부하로 폭발하고 만 것이지요."

그는 피자 한 조각을 깔끔히 먹어 치웠다.

"실례가 안 된다면 한 조각 더 먹어도 될까요?"

그가 물었다.

"네, 얼마든지 드시지요."

내가 답했다.

"간신히 목숨은 건졌지만, 제 몸은 소시지화가 되어 버린 거예요. 지방은 모든 세포에 넘쳤고 몸의 모든 부분을 장악해 버렸죠. 몸이 커지니 식욕도 덩달아 늘어났어요. 저는 닥치는 대로 먹기 시작했어요. 눈에 보이는 건 무작정 먹어 치웠죠. 미식가로서 자존심도 사라졌습니다. 지금은 그저 괴로움을 달래기 위해 먹을 뿐입니다."

"아, 지금 제 피자가 나왔네요. 그럼 이만."

그는 정중하고 진지했으며 거대한 시간 여행자였다.

상남자 학원

"여기 계신 분 중 여성과 손잡아 보신 적이 있으신 분? 아무도 없어요? 그럼 미팅이라도 해보신 분? 한 분?"

강사 진필두가 말했다.

"자, 눈치 볼 것 없어요. 우리는 배우기 위해 이 자리에 온 겁니다. 부끄러워할 필요 없어요. 수업 시간에서 만큼은 당당하고 자신 있게 행동해야 합니다. 그러고 걱정하지 마세요. 저희 상남자 학원은 진정한 남자가 되는 법을 통해 어디서나 당당하고 멋진 남성으로 만들어 드리니까요. 생각해보세요. 자신이 진정한 남자가 된다면 여성이 따라붙는 것은 자연의 이치입니다. 저희 상남자 학원은 총 6개월 기본과정과 1년짜리 심화 과정으로 운영됩니다."

박두식은 남자가 되고 싶었다. 불알 두 쪽 이상의 완벽한 남자 말이다. 그는 왜소한 키에 깡마른 몸매, 어눌한 말투와 볼품없는 외모 덕에 여성에게 단 한 번의 호의도 받지 못했으며, 평생을 호구처럼 살아왔다. 그는 우연히 인터넷에서 상남자 학원이라는 곳을 알게 되었고, 그 길로 달려와 1년짜리 심화 과정을 등록했다. 제대로 된 멋진 남자가 된다면 값비싼 수강료는 전혀 아까울 게 없었다.

"자, 첫 번째 가장 중요한 것은 외모를 가꾸는 것입니다.

여기 여러분들이 왜 앉아 계신 줄 아세요? 외모는 여성들만 가꾸는 것이라는 잘못된 생각 때문입니다. 브래들리 쿠퍼, 브래드 피트, 조니 뎁, 조지 클루니, 외국의 배우들을 생각해보세요. 이들은 멋있죠. 남자들이에요. 왜? 이들은 외모를 가꾸기 때문입니다. 이들은 외모에 관심 없는 척, 무심한 척하지만 사실은 외모 관리에 미친 사람들이죠. 하루에 운동 4시간, 피부 관리, 식단 관리, 수면 관리 등 거의 모든 일과가 외모 관리에 치중되어 있다는 거예요. 그런데 여러분들 보세요. 한 일도 없으면서 처먹고, 자고, TV보고, 술퍼먹고, 이러니 이 자리에 앉아 있죠?"

진필두 강사가 말했다.

"하지만 이제 걱정하지 마세요. 우리 학원에서는 헬스 1년 이용권, 피부 마사지, 단백질 셰이크와 다이어트 음료 6개월 치가 패키지로 280만 원에 제공됩니다. 수강생들에게만 제공되는 놀라운 혜택이죠? 패키지를 신청하지만 외모 관리는 한 번에 끝납니다. 이건 문제 될 게 없죠. 어려운 건 두 번째예요."

"자, 두 번째. 남자에게 중요한 건 단순히 외모만은 아닙니다. 아시겠지만 외모 하나만으로는 남자다운 남자가 되지 못해요. 남자에게 섹시함이란 곧 지식에서 나옵니다. 몸을 단련했으면 이제 머리를 단련해야 해요. 여자란 자고로 똑똑한 남자에게 끌리는 법입니다. 인류는 그렇게 진화해 왔어요. 머리 좋은 놈이 세상을 지배하는 거죠. 그럼 멍청한 놈들은? 네, 여러분처럼 방바닥에 누워 TV보며 맥주나 마시다가 생을 마감하겠죠. 제대로 된 남자는 죽어가는 사람을 살려내고, 비행기를 몰며, 행정법에 대해 알고 있죠. 그들은 스페니쉬의 동사 활용을 알고 있고, 국제 유가와 환율이 미치는 영향에 대해 알고 있으며, 싸구려 슈트와 브리오니 슈트의 차이를 알고 있어요. 다시 말해 매력적인 남자는 전문적인 지식과 교양이 있다는 겁니다. 그리고 대부분 한 분야에 정통한 전문가들이죠."

"그럼, 여러분들은 가망이 없는 것인가? 아닙니다. 저희 상남자 학원은 차별화된 학습 커리큘럼을 제공합니다. 저희가 계발한 진단지를 통해 여러분들의 적성에 맞는 맞춤 학습을 제공하죠. 1년간 제대로 학습한다면 여러분도 두뇌가 섹시한 남자가 될 수 있어요. 이 또한 수강생들에게만 50% 할인된 가격으로 제공하고 있습니다."

"자, 마지막으로 수강생 특전! 1년 과정 수료 후에는 저희

자매교류 학원인 '천상여자 학원' 학생들과 단체 미팅이 진

행됩니다."

타임 루프

나는 매일 같은 생활을 반복하고 있다. 삶에 특별한 일이 없다는 것이 아니다. 문자 그대로 반복이다. 정확히는 기억 나지 않지만 대략 5년 전쯤일 것이다. 나는 타임 루프에 갇혔다. 아무런 이유를 알지 못한 채 반복되는 삶을 살아왔다. 문제는 도무지 알 수 없는 이상한 곳에서 단체 생활을 하고 있다는 것이다. 아무런 공통점도 연관도 없는 120명의 사람들이 모여서 같이 생활을 하고 같은 생활을 반복한다. 아침 6시 기상, 2㎞ 구보, 아침 명상, 아침 식사로는 오트밀과 현미 시리얼, 오전에는 미적분과 천체물리학을 공부하고 점심에는 햄버그스테이크와 토마토 파스타, 초콜릿 쿠키 1개를 먹는다. 오후에는 1시간 동안 식물을 채집하고, 힌두어의 불규칙 동사표를 외우고, 삽을 이용해 원형 모양의 흙을 쌓고, 향나무로 카약을 만든다. 저녁은 미역 줄기와 간장 소스를 넣은 양배추 샐러드, 고등어 조림을 먹는다. 그리고 자기 전에 영화를 본다. 제목은 '바람과 함께 사라지다.'

이곳에 모인 모두는 매일 같은 하루를 되풀이 했다. 아침에 일어나면 서로의 이름을 물어 인사했고, 숙소 앞 능선을 따라 정확히 2㎞를 뛰었다. 아침에는 브람스 교향곡 3번 3악장을 들으며 명상을 한다. 해수는 8시 47분이면 시리얼을 쏟았고, 동주는 특공대에서 강하용 밧줄을 타다가 떨어졌다는 이야기를 해댔다. 희철은 10시 23분이 되면 미분계수의 정의에 대해 질문을 했고, 만석은 11시 11분이 되면 지수함수의 그래프를 그렸다. 오후에는 정확히 12조각으로 향나무를 잘라 가공했고, 고등어 조림에는 항상 비린 냄새가 났다. 아무리 하루를 달리 살아보려고 노력해도 하루는 동일하게 흘러갔다.

이곳을 탈출하기란 불가능했다. 그동안 여러 번 시도했다. 시설 밖을 나서면 땅의 경계가 보이지 않았다. 더 이상 세상이 존재하지 않는다는 표현이 맞겠다. 시설 둘레는 암흑으로만 존재했다. 어떤 지점을 기준으로 끝이 없는 어두운 공간이 펼쳐져 있을 뿐이었다.

그러던 어느 날이었다. 오후 2시 20분경 훈철이 민들레를 뽑아 표본을 만들려고 하는 순간. 어디선가 '바람과 함께 사라지다.' 주제가의 첫 소절이 들려 왔다. 나는 잘못 들은 게 아닌가 해서 귀를 기울여 봤지만, 틀림없이 영화 OST의 멜로디였다. 나는 주위를 둘러봤다. 정훈이 고사리를 채집하며 노래를 부르고 있었다.

"아니, 너? 혹시 기억하고 있어?"

내가 말했다.

"이젠 나에게 남은 건 하나도 없군요. 싸울 대상도 삶의 의미도 없어요. then, there's nothing left for me. nothing to fight for. nothing to live for."

정훈이 나를 쳐다보며 말했다.

틀림없었다. 바람과 함께 사라진다는 주인공 스칼렛의 대사였다.

"너도 의식자군. 기억을 하고 있어."

그가 말했다.

"의식자?"

내가 말했다.

"그래, 우리 중 극히 일부는 반복된 삶을 살고 있다는 자각이 있었어. 너나 나와 마찬가지로. 이곳에서 몇 번을 탈출하려고 했지만 실패했지. 몇 년 전 K는 경계 넘어 어둠 속으로 뛰어내렸어. 그리고 다시 이곳으로 돌아오지 못했지. 그 사건 이후로 나는 조용히 반복된 삶을 살아왔네."

그가 말했다.

"그렇군, 뛰어내릴 수 있단 말이군. 그렇다면 내가 한번 시도해 보지. 여기서 사는건 아무런 의미가 없어. 차라리 죽음을 선택하겠어."

내가 말했다.

그리고 곧 저녁 시간이 다가왔다. 나는 저녁을 먹지 않았다. 시설의 경계, 땅이 사라지고 암흑이 시작되는 지점에 들어갔다. 칠흑 같은 어둠이 눈앞에 펼쳐졌다. 나는 결심했다. 두 눈을 감고 힘껏 뛰어내렸다.

안드로메다 성운 호훗토샤야할 행성, 외계인의 집.

"엄마, 시계에서 인형이 또 떨어졌어."

"오래돼서 그래. 있다가 붙여줄게. 시계태엽 좀 감거라."

벤저민

깔끔하고 짧게 다듬어진 머리, 무늬 없는 흰색 리넨 셔츠, 붉은 보우 타이, 몸에 딱 맞게 떨어지는 감색 슈트의 중년 남성은 누가 봐도 기품 있는 영국 신사 같았다. 잘 다듬어진 턱수염에서는 학식 있는 귀족의 느낌까지 풍기고 있었다. 그의 말투는 정중하고 진지했으며, 얼굴에는 여유가 넘쳐났다. 매일 저녁 8시, 그는 같은 옷차림으로 칵테일바에 홀로 나타나 블러디 메리를 시켰고 여유 있게 천천히 칵테일을 마셨다. 테이블에는 항상 100달러짜리 지폐 한 장을 놓고 갔다. 따라서 그는 칵테일바 직원들에게 미스터 벤저민 프랭클린이라 불렸다.

어느 날 가게에 새로운 여직원이 들어왔다. 자신의 이름이 메리라고 소개한 그녀는 활발하고, 미소가 매력적인 여성이었다. 그날 저녁 8시, 미스터 벤저민이 블러디 메리를 주문했다. 그녀는 자신이 메리이니 블러디 메리를 만들겠다고 했다. 그녀는 능숙하게 토마토 주스와 보드카를 섞어 제법 근사해 보이는 블러디 메리를 뚝딱 만들어 냈다.

"블러디 메리 나왔어요."

그녀는 아름다운 미소와 함께 미스터 벤저민에게 블러디 메리를 건네며 말했다.

벤저민은 블러디 메리를 한 모금 마시더니 메리를 쳐다봤다. 나는 직감적으로 무엇인가 잘못되었다고 느꼈다. 평소에 '고맙소'라는 한마디를 건네고 묵묵히 칵테일을 마시는 벤저민의 모습이 아니었기 때문이다. 아마, 평상시의 맛과 달랐으리라.

미스터 벤저민은 손짓하며 그녀를 불렀다.

"이 칵테일은 아가씨가 직접 만든 것이오?"

벤저민이 그녀의 눈을 보며 물었다.

"아네, 제가 만든 것인데요? 너무 맛있나요? 아니면 맛이 별로인가?"

그녀가 말했다.

"훌륭한 맛이오. 내 평생 이렇게 맛있는 블러디 메리는 처음이오. 이름이?"

벤저민이 말했다.

"네, 메리에요."

그녀가 답했다.

"메리가 만든 블러디 메리라니, 허허허."

벤저민은 웃고 있었다. 지난 3년간 매일 같이 벤저민을 봤지만 웃고 있는 모습은 처음이었다. 벤저민은 진심으로 메리가 만든 블러디 메리를 사랑했다. 그는 매일 같은 시간에 나타나 메리가 만든 블러디 메리를 마셨다. 어느 날 메리가 벤저민에게 물었다.

"그런데요, 아저씨. 왜 맨날 이거만 마셔요? 그리고 왜 매일 100달러짜리 지폐로 계산하세요? 여기는 미국이 아니라, 동작구 흑석동인데요?"

생각해 보니 그녀의 말이 맞았다. 여기는 흑석동이고 무지개 아파트 4단지 상가에 있는 작은 칵테일바다. 그리고, 7500원짜리 칵테일에 100달러짜리 지폐라니.

벤저민은 그녀의 당돌한 질문에 당황했다.

"아, 멋있어 보이니까…."

벤저민이 말했다.

"아 네, 저도 비밀 한 가지 알려드릴게요. 사실 제 이름은 숙희예요, 박숙희. 메리는 가게에서 쓰는 이름이고."

벤저민은 다음날부터 모습을 보이지 않았다. 숙희도 더 이상 블러디 메리를 만들지 않았다.

"안보국장, 좋은 소식과 나쁜 소식이 있다네."

남 박사가 말했다.

"네, 그럼 좋은 소식부터…"

안보국장 김영국이 말했다.

"좋은 소식은 우리가 외계에서 지적 생명체를 찾았다는 거네. 우리의 염원대로 외계인을 발견한 거지."

```
00000000000000000000000
00101000001010000000100
10001000100100101110010
10101010101010100100100
00000000000000000000000
```

"1974년, 인류는 외계인의 존재를 찾기 위해 이진법으로 된 이 전파 메시지를 우주로 쏘아 보냈지. 25,000광년 떨어져 있는 허큘리스 대성단으로 보냈으니 이론상으로는 답변을 받기까지도 25,000년이 걸려야겠지만 놀랍게도 1주일 전 외계의 회신을 우리가 받은 걸세."

"그럼, 나쁜 소식은?"

김영국은 예감이 좋지 않았다. 애초 자신을 이 시간에 부른 것 자체가 불길하다고 생각했다.

"모든 행운에는 그 반향이 찾아오기 마련이지. 이것이 우리가 받은 메시지의 전문이네. 자세히 들여다보게."

남 박사가 말했다.

```
00000000001000000000000
00000000001100000000000
00000000001110000000000
00000000001111000000000
```

"아니, 이건?"

김영국은 놀라서 외쳤다.

"그래, 선전포고다. 외계인들은 우리의 메시지를 잘못 이해한 것 같아. 메시지에 따르면 정확히 1주일 뒤 지구를 공습하겠다는 내용이네."

남 박사가 말했다.

"저희는 55년 전 외계인에게 세계 인구의 수와 사람의 염기 구조와 DNA 구조를 전파로 보냈죠. 아마 외계인 쪽에서는 이미 우리에 대한 모든 것을 간파하고 있을 겁니다. 외계의 과학 기술로는 광선 한방에 우리를 분자로 분해해 버릴 수도 있을 거예요. 외계인들이 쳐들어온다면 이건 인류의 멸망입니다. 지금이라도 당장 제대로 된 메시지를 보내서 이를 바로 잡아야 합니다.”

김영국은 식은땀을 흘리며 말했다.

“아니, 지금은 너무 늦었어. 지금 전파를 발사한다 해도 제시간에 메시지가 도달하리라는 보장이 없네.”

남 박사가 말했다.

“그럼, 이대로 당하란 말입니까?”

김영국이 소리쳤다.

“우리가 이미 작전을 세웠네. 자네는 이대로 시행하게. 작전 일은 정확히 1주일 뒤. D-day에 실행되어야 하네. 아니면 이 작전은 무용지물이네. 명심하게. 기회는 단 한 번이네. 실패할 경우 지구의 멸망이야. 명심하게.”

남 박사가 말했다.

D-Day. 지구와 가까운 우주 상공.

우주복을 입은 김영국은 대형 플래카드를 흔들고 있었다.

"0010101010111101000101001010100101010101001010111011000001010001001010100"

(외계인 대환영, 지구에 오신 걸 환영합니다.)

타임머신

"사실 정부는 이미 20년 전 타임머신 개발이 가능한 기술을 확보했어요. 다만 이를 숨기고 있을 뿐이죠."

그녀가 말했다.

"타임머신?"

그가 말했다.

"네, 타임머신. 연구팀은 빛의 속도를 버틸 수 있는 플라타스 신소재 합금과 유동 시간 제어 장치 개발에 성공했죠. 하지만 결국 타임머신은 만들어지지 않았어요. 이게 다 선거 때문이죠. 타임머신을 개발하는데 천문학적인 금액이 들어가거든요. 정치꾼들은 당장 성과를 기대할 수 없는 기초과학 예산에 돈을 투자하느니, 한 표라도 더 받기 위해 차라리 복지 예산을 늘리려고 하죠. 21세기에 들어 논문은 쏟아져 나오지만, 과학 발전이 더디게 이뤄지는 것도 마찬가지 이유예요."

그녀가 말했다.

"하지만 저는 타임머신 연구를 혼자 계속해왔어요. 그리고 결국 타임머신을 만들어냈죠."

"그래서 당신이 지금 미래에서 왔다고 말하는 거군요."

그가 말했다.

"네, 지금은 이렇게 일개 연구원으로 일하고 있지만 저는 미래인이죠."

그녀가 말했다.

"그렇다면 왜 이곳에 머물러 있는 거죠?"

그가 말했다.

"머물러 있는 것이 아니라, 갇힌 거예요. 타임머신 연료가 떨어졌죠. 시간 여행을 한 번 왕복할 수 있는 충분한 연료를 준비했었는데, 실수로 화장품을 집에 놔두고 와버린 거예요. 그래서 다시 돌아가 가지고 오는 바람에 연료가 부족하게 된 거죠."

그녀가 말했다.

"화장품?"

그가 말했다.

"네, 화장품. 과학에서도 기초 과학이 중요한 것처럼, 시간 여행에서는 기초화장이 중요하거든요. 시간 여행을 하려면 각 시대에 맞는 화장은 필수죠. 다른 사람들에게 시간 여행자라는 것을 들키면 안 되니까. 만약 들키게 되면 전 우주에 치명적인 영향을 줄 수 있어요. 복장에 너무 신경을 쓰느라 실수로 화장품을 깜박했어요."

비밀

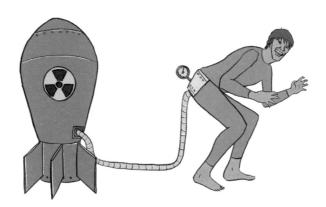

"비밀은 비밀인 채로 그냥 가슴에 안고 살아가면 돼. 그럼 아무 일도 일어나지 않는다네."

그가 말했다.

"사실 난 1급 비밀요원이었네. 요원 중에서도 아주 특출한 실력을 갖추고 있었지. 난 특수 훈련을 받았고, 당국의 1급 기밀정보 취급 허가를 받았지. 비밀 유지 계약서에 서명해서 다 말해줄 순 없지만 난 누가 존 레넌을 죽였는지, 네바다주 51구역에서 무슨 일이 일어나고 있는지, 화성에서 발견된 피라미드의 정체가 무엇인지 전부 알고 있지. 내가 입만 열면 전 세계에 경제 공황이 불어 닥치고, 끔찍한 테러들이 일어날 거야. 자칫하면 3차 세계대전으로까지 번질 수 있네."

"재미있는 이야기 하나만 알려주세요."

그녀가 물었다.

"사실 1945년에 떨어진 원자폭탄은 가짜야. 당시의 기술로는 플루토늄을 제어할 기술력이 부족했지. 연구팀은 우라늄을 대체할 물질을 연구하기 시작했고 끝내 메테인, 질소, 이산화탄소 그리고 수소 등의 성분으로 이루어진 폭탄을 제조하는 데 성공했지. 파괴력에서는 원자폭탄을 넘어서는 강력한 살상 무기였어.”

“우리가 알고 있는 히로시마 원자탄은 사실 생화학 병기였군요.”

그녀가 말했다.

“그래. 더욱 놀라운 사실은 최초의 원자폭탄, 팻맨이 인간의 방귀 성분으로 만들어진 화학탄이라는 거네. 프린스턴 고등연구소는 이 원자탄을 일명 뉴저지의 방귀 탄으로 불렀지. 연구팀은 오랜 연구 끝에 인간의 방귀만이 원폭의 파괴력을 대체할 유일한 물질임을 밝혀냈네. 인간은 매일 평균 1ℓ 상당의 방귀를 만들어 내지. 연구팀은 고탄수화물, 고단백질이 함유된 특수 발효 식품을 사람 1000명에게 먹여 48시간 동안 아주 강력한 방귀 가스를 추출했네. 농축된 방귀 가스를 점화시켜 세상에서 가장 치명적인 폭탄을 만들어 낸 거야. 로버트 오펜하이머 박사도 자신의 만들어 낸 이 살인 병기를 보고 차라리 플루토늄을 개발했어야 했다며 후회했지.”

“방귀로 폭탄을 만들다니, 방귀 탄에 맞아 죽는다면 정말 최악일 거 같아요.”

그녀가 말했다.

"더욱 최악인 것은, 75년 전에 터진 방귀 탄의 영향이 아직까지 지속된다는 점이지. 정부는 숨기고 있지만, 최근 들어 더욱 급격하게 늘어난 이상 기온과 생태계의 파괴는 바로 1945년에 터진 방귀 탄 때문이라네. 히로시마와 나가사키에 투하된 방귀 탄의 고농도 이산화탄소는 전 세계적 온실효과를 만들어 냈고 이는 지표 기온과 해수면 상승을 초래했지."

"음, 어려운 얘기네요. 다른 이야기는 없어요?"

그녀가 말했다.

"후후후, 그럼 새로운 비밀을 하나 말해주지."

그가 말했다.

"윈도우 메모장에 F5를 치면 시간이 입력된다네."

"아, 참! 지금 들은 이야기는 못들은 걸로 하고 자네만 알고 있게. 혹시 위험에 빠질 수 있으니까. 비밀은 비밀로 간직해야 안전하네. 그럼 아무 일도 일어나지 않아."

은퇴

"오늘 투나잇쇼에는 연예계의 은퇴 전문가로 잘 알려진 다비드 킴을 모셨습니다. 아마 오늘 방송을 마지막으로 방송에서도 은퇴를 하신다고 하네요. 안녕하세요. 잦은 은퇴로 연예계에 숱한 염문을 뿌리고 다니셨는데요. 본인이 처음 은퇴를 선언한 것은 언제였습니까?"

진행자가 물었다.

"그게 아마 1999년도 여름이었죠. 저는 기자 50명을 불러놓고 이렇게 말했죠. '저 다비드 킴은 오늘부로 은퇴를 선언합니다. 추후 은퇴에 대한 번복은 없을 것입니다.'라고. "

"그때 갑작스러운 은퇴를 선언한 이유가 무엇이었나요? 빌보드 싱글 차트 1위를 4주간 유지하고 있었고 발매된 3장의 앨범이 플래티넘을 기록해 컨트리 가수로는 최고의 주가를 올리고 있던 시점이었는데요. 어떤 심경의 변화라도 생겼었나요?"

진행자가 물었다.

"댄스 앤 싱 어롱을 부르는데 싫증났습니다."

다비드가 말했다.

"댄스 앤 싱 어롱은 자신의 최대 히트곡 아닌가요? 어째서 그런 거죠?"

진행자가 물었다.

"저는 지금까지 제가 부르기 싫은 노래를 너무 많이 불렀습니다. '댄스 앤 싱 어롱'이 그 대표곡이죠. 저는 무대에서 관객들이 '댄스 앤 싱 어롱'을 부르짖는 것에 지쳤습니다. 인제 그만 자신을 찾고 싶었습니다. 이 바닥에는 부르기 싫은 곡 때문에 고통 받고 있는 뮤지션들이 널려있습니다. 프랭크 시나트라는 자신이 싫어했던 곡인 '스트레인저스 인 나잇'이 히트를 치자마자 '갓뎀송'이라며 저주를 했죠. 하지만 관객들의 요청에 평생 그 노래를 불러야 했어요. 비단 프랭크뿐이 아니죠. 케인 웨스트, 프리텐더스, 라디오 헤드 등 많은 뮤지션들이 자신의 히트곡으로 고통받았습니다."

"네, 가수 생활을 청산하시고 이후 6년간 영화감독으로 활동하셨는데요. 또 2005년 돌연 은퇴를 선언하셨죠? 그때는 오스카 감독상에 노미네이트되었는데 은퇴를 선언하셨어요. 이유가 있었나요?"

진행자가 물었다.

"있었죠. 세상에 이유 없는 은퇴는 없습니다. 영화계에는 알지도 못하고 떠들어대는 평론가가 많습니다. 제 작품은 대중의 평가와 상관없이 이유 없는 혹평을 받았어요. 거대

악어와의 사투를 그린 제 대표작 '크로커다일'은 사람에게 민폐 끼치는 파충류 영화라 조롱받았고, SF 스릴러 '사이보그'의 로봇은 로봇 청소기만 못하다며 최악의 평가를 받았죠. 저는 재능을 시기하는 비평가들로 득실거리는 영화계가 지긋지긋했어요. 그리고 은퇴를 선언했죠."

"네, 그런 사연이 있으셨군요. 그리고 최근 3년간은 음악 프로듀서로 활동하셨는데요. 이 역시 지난달 은퇴를 선언하셨어요."

진행자가 말했다.

"네, 제가 가수 출신이기도 하고 원체 음악을 좋아하니 음악 만드는 일은 재미있었습니다. 제가 만든 곡이 총 45곡 정도였는데. 아주 즐겁게 작업했죠. 적성에도 잘 맞았고요."

다비드가 말했다.

"그런데 왜 은퇴를 선언하셨죠?"

진행자가 말했다.

"네, 히트곡이 없었습니다."

다비드가 말했다.

"네, 안타깝군요. 향후 계획은 있으신가요?"

진행자가 물었다.

"저는 캘리포니아로 내려가 농사나 지을 생각입니다. 건포도나 아몬드를 재배할 거예요. 오늘부로 모든 방송 활동에서 은퇴를 선언합니다."

다비드가 말했다.

슐츠 브로콜리

슐츠는 고아였다. 그는 생부모가 누군지 모른 채 아주 어려서부터 보육원에서 길러졌고, 제법 머리가 굵어지자 도망치듯 보육원을 빠져나갔다. 그는 십 대 후반까지 일리노이 길거리에서 시카고 블루스를 추며 생계를 유지했다. 그는 우연히 브로드웨이 극단 기획자의 눈에 띄어 뉴욕으로 오게 됐다. 그는 뮤지컬 칸트의 단역 배우로 활동을 했지만, 이내 흥미를 느끼지 못하고 극단을 나와 버렸다.

배가 고팠던 그는 채소 가게에서 신선한 브로콜리 다섯 덩이를 들고 도망쳤다. 흐린 하늘에는 눈이 내리고 있었고 그는 추적추적한 브루클린 다리를 지나며 브로콜리를 우걱우걱 씹어 먹었다. 그때 길을 가던 한 노인이 그에게 물었다.

"젊은이, 맛있게 먹고 있는 그건 무엇이오?"

노인이 물었다.

"이건 브로콜리지요. 브루클린 다리에서 먹는 브로콜리는 정말 맛이 최고랍니다."

그는 브로콜리 한 조각을 노인에게 건네며 말했다. 노인은 브로콜리를 맛보더니 한 조각을 더 달라고 했다. 슐츠는 자신의 브로콜리 중 가장 큰 두 덩이를 노인에게 건넸다. 노인은 브루클린 다리에서 내다보이는 뉴욕의 야경을 천천히 감상하며 브로콜리를 모두 먹어 치웠다.

"잘 먹었네! 젊은이. 맛있군. 뉴욕의 맛이야…. 잘 먹었으니 음식 값을 내겠네."

노인은 안쪽 가슴 주머니에서 지갑을 꺼냈다. 그리고 그에게 100달러 지폐 1장을 건넸다.

"이건 단순한 채솟값이 아니네. 나에게 소중한 경험을 제공해준 대가로 생각하게."

노인은 이 말을 남기고 사라졌다.

슐츠는 그길로 채소 가게로 가 자신이 훔친 브로콜리 값을 지불했다. 그리고 남아 있는 모든 브로콜리를 사들였다. 그는 브루클린 다리에 올라가 맨해튼 야경이 가장 잘 보이는 장소에 자리를 잡고 브로콜리를 팔기 시작했다.

브루클린 브로콜리와 함께 그는 새로운 삶을 시작했다. 맨해튼의 야경을 바라보며 먹는 브로콜리는 실제로 맛이 좋았고, 브로콜리를 맛본 사람들의 입소문을 타 어느새 브루클린 브로콜리는 뉴욕의 명물로 자리 잡았다. 곧 '브루클린 다리에서 야경을 바라보며 먹는 슐츠 브로콜리'라는 관광상품까지 개발됐다. 슐츠 브로콜리의 인기는 전 세계로 퍼져나갔다.

어느새 유명인이 된 슐츠는 방송국에 초대되어 자신의 이야기를 꺼냈다.

"그때 그 노신사분이 아니었다면 저는 이 자리에 있지 못했겠죠. 지금이라도 다시 한번 뵙고 싶습니다."

슐츠가 말했다.

"네, 사실 이 자리에 그 신사분을 어렵게 모셨습니다. 나와주세요."

사회자가 외쳤다.

어두운 무대 뒤로 노인의 그림자가 비쳤다. 15년 전 그 노인이었다. 슐츠는 그를 보자 눈물을 흘렸다.

"그때 왜 제가 그 큰돈을 주셨습니까?"

슐츠가 물었다.

"음, 그때 어두워서 10달러짜리와 헷갈렸네."

노인이 말했다.

딩동-

아침 7시 30분, 초인종이 울렸다. 이른 시간에 초인종이
라니. 나는 침대에서 일어나 현관문을 열었다. 집배원이었
다. 그는 수신자를 없는 알 수 없는 편지 한 통을 건네며 말
했다.

"김정구 씨? 정확히 13년 전 당신께 보내진 편지입니다.
오늘 일자로 정확히 배달해 달라는 발신인의 요청이 있었
습니다."

그는 내 신분증을 확인 후 수령확인을 위해 내 서명을 받
아 갔다. 나는 커피를 끓이고 편지를 살펴봤다. 편지 봉투는
깨끗했지만 변색된 종이에서 세월이 흐름이 느껴졌다. 누가
이런 편지를 보낸 걸까? 나는 편지 봉투를 손으로 조심히
찢어 편지를 열어보았다. 편지에는 아무 말도 쓰여있지 않
았다. 정확히는 아무런 문장도 없었다. 그저 한 지점의 GPS
좌표가 나와 있었다. 이곳에서 42㎞ 떨어진 지점이었다. 내
비게이션에는 장소가 검색되지 않았다. 누구의 장난일까?
이 지점의 의미는 무엇일까? 나는 이런저런 생각에 잠겼고
결국 그 장소로 가보기로 했다.

차를 타고 도달한 곳은 북한산 국립공원이었다. 그 좌표

로 가려면 산 중턱까지 10㎞ 정도 더 올라가야 했다. 나는 해가 지기 전에 서둘러 올라갔다. 나는 3시간 정도 산을 올랐고, 이내 GPS 좌표의 정확한 위치를 찾아냈다. 그곳에서 발견한 것은 다름 아닌 작은 틴박스였다. 틴박스를 열어보니 반으로 접힌 종이가 들어 있었다. 종이를 펼쳐보니 또 다른 주소가 적혀있었다. 이번에는 GPS 좌표가 아니었다. 알 수 없는 주소가 정자체로 또박또박 적혀있었다. 나는 틴박스를 들고 그 주소지를 찾아 갔다. 집 근처의 작은 전당포였다. 나는 전당포에 들어가 가지고 온 상자를 주인장에게 내보였다.

"혹시 이 상자에 대해서 알고 있나요?"

내가 물었다.

험상궂게 생긴 주인장은 아무 말 없이 나와 틴박스를 번갈아 쳐다봤다. 그리고 이내 틴박스를 가지고 가게 안으로 들어가며 말했다.

"잠시 기다리시오."

그는 무언가를 한참 찾더니, 단단하게 밀봉된 박스 하나를 가져왔다.

"여기에 서명하시오."

그가 말했다.

"이게 뭡니까?"

내가 말했다.

"나도 모르오. 꽤 오래전 누군가 내게 부탁했소. 참 수상하게 생긴 놈이었지."

나는 그 박스를 들고 집에 돌아왔다. 힘든 여정이었다. 나는 손을 씻고 박스를 천천히 열었다. 그 안에는 건초 10봉지와 씨앗 같은 것이 들어 있었다. 도대체 이건 뭘까? 나는 아무리 생각해도 이것들의 정체를 알 수 없었다.

며칠 뒤 캥거루가 찾아왔다. 나는 그에게 햄버거를 만들어주며 말했다.

"최근에 이상한 일이 있었어. 누군가가 내게 박스 하나를 보내왔지."

나는 그에게 박스를 보여줬다.

"아. 이거? 내 간식 상자. 진공 포장된 신선한 건초랑 볶은 아몬드야."

그가 햄버거를 먹으며 말했다.

시간이 흘러

그 당시 난 24살이었고, 따스한 빛이 감싸드는 한 카페의 테라스에 앉아 조용한 아침 시간을 즐기고 있었다. 난 커피를 마시며 샐린저의 단편을 읽었다. 난 책을 덮고 창밖의 풍경을 주시했다. 그리고 마치 잘 건조된 오징어를 씹듯 천천히 그 풍경을 머릿속으로 되새겼다. 구름 없이 깨끗하고, 선선한 바람이 부는 이 화창한 4월의 아침을 기억하고 싶었기 때문이다. 대부분 가게가 아직 문을 열지 않았다. 분주해 보이는 사람들은 어딘가를 향해 사라져 갔다. 아침 햇살 따위는 아무래도 상관없다는 식의 사회적 협의가 일어난 듯 모두 무심한 표정을 짓고 있었다. 이 시간대의 사람들은 빠르고도 확고한 어떤 목적성이 있는 발걸음을 가진 것 같았다. 난 한가한 카페 안의 풍경과 대조되는 바깥세상을 한동안 멍하게 바라봤다.

그렇게 한참을 쳐다보고 있는데, 누군가 다가와 내 앞자리에 덥석 앉았다. 햇살을 등 뒤로 받고 있었기에 이것이 여자의 실루엣이라는 걸 인지하는 데 시간이 걸렸다. 그녀는 말없이 웃고 있었고, 내가 그녀를 알아보기까지는 좀 더 많은 시간이 필요했다.

"안녕?"

그녀가 먼저 말을 걸었다.

"아, 안녕…."

입에서 반사적으로 튀어오는 인사 끝에 나는 그녀가 제인이라는 것을 알아챘다. 잊을 수 없는 이름을, 세월은 이렇게 쉽게 모든 것을 잊게 한다. 우리는 고교 동창이었고, 가까이 지냈다. 같이 과제를 준비했고, 도서관에서 시험공부를 하기도 했다. 휴대 전화가 없던 당시, 우리는 서로에게 쪽지나 편지를 건네주기도 했고 몇 번인가 같이 영화관에도 갔다. 당시 우리는 서로에게 호감 같은 것을 갖고 있었다고 나는 생각한다.

지금 돌이켜 보면 모든 것이 쉽게 사라지고, 가슴 한 칸에 추억이라는 이름으로만 흐릿하게 남게 되는 것이 학창 생활이라는 생각을 하며 시간을 흘려보냈던 것 같다. 그녀가 학교를 떠나고 나는 그녀를 찾지 않았다. 그저 일종의 상실감 같은 것을 느끼며 하루를 살았고, 그렇게 성인이 돼버린 것이다.

"너, 머리가 많이 길었네. 잘 어울리는데."

내가 말했다.

실제로 내 기억 속의 그녀는 단발머리였고, 머리가 길어

버린 그녀를 생각해 본 적이 없었다. 훌쩍 커져 버린 그녀에게서 마치 소설을 읽다 우연히 맞닥트린 정교하고 세련된 문장을 보는 듯한 아름다움을 느꼈다. 수정에 수정을 거듭해 잘 완결된 소설의 마지막 문장과 같은 그런 아름다움 말이다. 그녀의 얼굴은 화려하진 않지만 사랑스럽고 따스한 기품이 넘쳤다.

"고마워, 머리 기른 지 꽤 됐어."

그녀가 말했다.

나는 그녀에게 궁금한 것이 많았다. 왜 학교를 떠났는지, 그동안 어떻게 살았는지, 대학은 졸업한 건지, 직장을 다니는지 등 말이다. 하지만 나는 아무 말도 할 수 없었다. 혹시라도 말실수를 해서 무엇인가 잘못되어 버리지 않을까 하는 막연한 두려움이 때문이었다. 마치 거대한 저수지의 문을 열어 버려 다시는 돌이킬 수 없게 되는 상황처럼 말이다.

"너, 휴대 전화 있니?"

그녀가 말했다.

"아니, 없는데…."

내가 말했다.

그녀는 티슈에 자신의 번호를 적어 내게 건넸다.

"나, 일이 있어서 먼저 가볼게. 전화해. 안녕!"

그녀는 분주한 인파에 섞여 사라졌다. 나는 샐린저의 책을 열어 그녀의 번호가 담긴 티슈를 끼워 넣었다. 그녀가 떠난 자리에 강한 햇살이 비췄다. 어느 때 보다 따스한 햇살이었다.

이번 단편집 작업은 작가인 내게도 의미 있는 작업이면서도 쉽지 않은 작업이었다. 물론 그날 떠오르는 소재를 가지고 단숨에 써버린 원고도 있었지만, 플롯의 전개 방향이나, 서사 구조에 대한 고민으로 몇 달 동안 손 놓고 있던 원고도 많았다. 무엇보다 이번 단편집 작업이 어려웠던 것은 사실 원고를 작성하는 시간보다 더 많은 시간을 일러스트를 그리는데 보냈기 때문이다. 막상 이렇게 되다 보니 내가 일러스트를 그리기 위해 소설을 쓴 건지, 소설을 위해 일러스트를 그리는 건지 헷갈리게 됐다. 물론 나는 전문 일러스트 작가가 아니기에 부족함이 많지만, 어디까지나 코로나 시국에 삽화 비용을 줄여 조금이라도 출판사에 보탬이 되고자 하는 순수한 의도가 있었다. 그런데 추후 컬러 일러스트 때문에 4도 인쇄를 해야 해서 제작비가 몇 배로 더 든다는 피드백을 듣게 됐다. 이 지면을 빌어 작품의 가치를 알아주시고, 어둠침침한 서랍에 봉인되어 고대 유적으로 남거나, 이용준 작가 사후 작품의 가치를 알게 된 후대들에 의해 출판되지 않게 현시대에 원고를 세상 밖으로 꺼내 빛을 보게 하신 프로방스 출판사 대표님께 감사드린다.

　가벼운 소설집인 만큼 가벼운 마음으로 읽어주시길 바라며 이만 글을 줄인다.

이용준 소설집 2

피넛 버터와 오후의 코끼리

초판인쇄	2022년 8월 16일
초판발행	2022년 8월 22일

지은이	이용준
발행인	조현수
펴낸곳	도서출판 프로방스
기획	조용재
마케팅	최관호 최문섭
편집	강상희
디자인	호기심고양이

주소	경기도 고양시 일산동구 백석2동 1301-2 넥스빌오피스텔 704호
전화	031-925-5366~7
팩스	031-925-5368
이메일	provence70@naver.com
등록번호	제2016-000126호
등록	2016년 06월 23일

정가 15,000원

ISBN 979-11-6480-235-7 03810

파본은 구입처나 본사에서 교환해드립니다.